Lo

que calla

La Tormenta

Autor: Rogelio Alfonzo Mendoza.

RAM Fiction 2015.

Lugar de publicación: Australia 2015

Otros títulos disponibles en www.ramedition.com

Revisión: Mylene Pérez.

Portada: Alistair J. Martin.

Personajes

Personajes protagónicos:

Olivia Villamayor. Hija de Luke y Rebeca Villamayor. Hermana de Ivonne y Jonás.

Laura González. Periodista.

Tomás Montenegro. Estudiante de Comunicación Social. Hijo de Lucrecia.

Lucrecia Montenegro. Madre de Daniel y Tomás.

Carolina Santiago. Hermana de Lucrecia.

Rebeca Villamayor. Esposa de Luke y madre de Ivonne, Jonás y Olivia.

Luke Villamayor. Alcalde de Vista Marina. Esposo de Rebeca y padre de Ivonne, Jonás y Olivia.

Marcos Montenegro. Actual esposo de Lucrecia.

Y: Rodolfo Ortiz. Hombre poderoso de Vista Marina.

En:

"Lo que calla la tormenta" de Rogelio Alfonzo Mendoza

Con ellos:

Padre Inocencio. Sacerdote del pueblo.

Andrés Brito. Esposo de Fernanda.

Fernanda Brito. Mejor amiga de Laura, esposa de Andrés.

Ivonne Villamayor. Hija de Luke y Rebeca.

Daniel Montenegro. Hermano de Tomás e hijo de Lucrecia.

Jonás Villamayor. Hermano de Ivonne y Olivia. Hijo de Rebeca y Luke.

Mariana Villegas. Mejor amiga de Olivia.

Justin Vargas. Amigo de Daniel Montenegro y ex- novio de Olivia.

Nadine Robles. Novia de Daniel Montenegro.

Mateo Pérez. Guardaespaldas de Rodolfo Ortiz y pareja de Olivia Villamayor.

Antonio Arismendi. Mánager de Olivia Villamayor.

Detective Soto. Investigador encargado del caso.

Pamela Rey. Enfermera.

Contenido

Personajes...2

Capítulo 1. De la ficción a la realidad. 5

Capítulo 2. De regreso a Vista Marina. 17

Capítulo 3. Estamos atrapados. 31

Capítulo 4. Nadie puede salvarte. 46

Capítulo 5. La tormenta se calmó con la muerte. 53

Capítulo 6. Nadie se burla de Rodolfo Ortiz. 63

Capítulo 7. Un asesino en Vista Marina. 72

Capítulo 8. En el nombre del Padre, y del Hijo, y del
Espíritu Santo. 85

Capítulo 9. El negocio de Rodolfo Ortiz 103

Capítulo 10. El misterioso cuadernillo negro. 115

Capítulo 11. Un secreto se esconde en tierras lejanas....128

Capítulo 12. Lo voy a contar todo. 135

Capítulo 13. La confesión...148

Capítulo 14. Desaparecidos...162

Capítulo 15. Un padre desesperado.................................171

Capítulo 16. Los fuertes vientos de la muerte. 179

Capítulo 17. Todo este tiempo fuiste tú...........................187

Capítulo 1. De la ficción a la realidad.

Sus súplicas fueron en vano. El atacante la tenía acorralada y ella gritaba de forma desesperada. El forcejeo la tenía exhausta, su respiración estaba acelerada, ella sabía que iba a morir. Intentó sujetar el brazo del asesino quien con cuchillo en mano estaba listo para apuñalarla. Diana logró esquivarlo, pero él era más fuerte, no había escapatoria. Finalmente, ella sintió una extraña presión sobre su estómago. El hombre de la capucha negra la había apuñalado.

"¡…Corte!" gritó el director parando la toma. Un doble entraba al set de grabación para finalizar la escena.
Ya eran casi las 11 p.m. Maquilladores, técnicos de sonido, efectos especiales, camarógrafos y actores estaban agotados. Había sido una larga jornada. La pauta había comenzado probablemente a las 7 a.m. "Detrás del silencioso rejado" (Behind the Quiet Fences) era la nueva superproducción de misterio de los estudios *Landmark*.

La historia contaba las intimidades de un pequeño vecindario que era acechado por un misterioso asesino que cobraría la vida de algunos habitantes. El elenco incluía importantes figuras del medio televisivo como Hortensia Sinclair, el galán del momento – Arturo Siemens, así como el debut de Olivia Villamayor quien encarnaría el personaje de "Diana Clarckson". En la historia, Diana moría en las primeras escenas, sin embargo su personaje estaría presente a lo largo de la trama ya que era el detonante de otras sub-tramas en este tan publicitado thriller.

Olivia sabía que ese personaje le abriría numerosas puertas y marcaría un antes y un después en su carrera artística. El personaje de Diana Clarckson era apuñalado

5

salvajemente y luego aventado por el balcón de su apartamento, llevándose a la tumba la identidad del asesino.

La última toma fue grabada a la 1 a.m. Carlos Aguirre, director de la película, se despidió de todos antes de irse a su casa para descansar unas pocas horas. Las grabaciones continuarían al día siguiente a la misma hora.

Olivia se encontraba en su camerino cambiándose de ropa y limpiando los restos de sangre artificial que tenía sobre el rostro.

"¿Lista?" preguntó Antonio, mánager de ésta, al entrar al camerino.

"Me duele todo el cuerpo, necesito un trago y una tina de agua caliente"

Antonio la miró con ternura y le sonrió. Él la llevaría a su casa.

No era un secreto para nadie que Antonio estaba enamorado de Olivia. Desde el momento que la conoció quedó impactado por su belleza. Ella era una mujer exuberante de cabello liso negro, figura esbelta, labios carnosos y una personalidad arrolladora. Olivia cursaba su último semestre de Comunicación Social cuando fue descubierta por Antonio Arismendi, quien era una cazatalentos bastante conocido en el medio artístico. Antonio había representado a varios artistas que hoy brillaban en el "showbiz". Él era un hombre ya entrado en sus cuarenta, de personalidad dulce y con un buen ojo para los negocios. Él sabía cómo posicionar a sus estrellas y lograr que consagraran el tan anhelado éxito. Muchas jóvenes estrellas pasaron por sus manos, pero ninguna era como Olivia. Ella tenía ese factor inexplicable que lo volvía loco.

Olivia sabía de los sentimientos de Antonio, sin embargo prefería hacerse la tonta para no complicar las cosas. La diferencia de edad era grande y ella no estaba interesada. A sus 27 años, ella había grabado algunos comerciales y había participado en alguna que otra serie de televisión, pero sin mayor relevancia. Su vida amorosa era bastante inestable. Se le había visto salir con algunas personalidades del medio, pero nada serio. Ninguna de sus relaciones eran duraderas. Recientemente, se le adjudicaba un romance con Rodolfo Ortiz, un hombre muy poderoso de Vista Marina - ciudad natal de Olivia - que se decía estaba ligado a negocios ilícitos.

Mientras manejaba, Antonio intentó hacer algo de conversación con Olivia quien permanecía silente.

"¿Todo bien?"

"Tú sabes que no" respondió molesta; no podía ocultar su rabia e impotencia y Antonio sabía muy bien el porqué.

"Todo va a salir bien no te preocupes. Rodolfo es un hombre muy poderoso y su inyección de capital nos ayudará a promocionar y proyectar tu carrera"

"Yo no soy un objeto con el cual tu puedes hacer negocios; prácticamente me vendiste a un narcotraficante"

Antonio sabía que había cometido un error; el peor error quizás, pero ya era muy tarde. Tanto Olivia como él estaban a merced de Rodolfo Ortiz, un hombre sin escrúpulos.

"Rodolfo es simplemente un socio, él tiene contactos en el medio" dijo Antonio inútilmente para tratar de calmarla.

"A cambio de convertirnos en sus marionetas, Antonio" respondió molesta.

"La fama de Rodolfo es bien conocida por todos en Vista Marina, ¿por qué no me dijiste nada?" reprochó.

Antonio quien continuaba manejando guardó silencio por unos segundos; él sabía la magnitud de su error. Al llegar a la casa de Olivia, se estacionó en frente del edificio y la miró a la cara. Sus ojos se llenaron de lágrimas.

"Lo siento tanto, preciosa. No tuve más opción. Tuve que pactar con él o la vida de mi madre corría peligro"

Era bien sabido que Antonio tenía problemas con los juegos de azar, pero su ya descontrolada ludopatía lo había hecho tocar fondo cuando meses atrás había perdido una gran cantidad de dinero en uno de los casinos de los cuales Rodolfo era propietario. Dos préstamos le fueron otorgados, los cuales nunca pudo pagar y Rodolfo se los cobraría a como diera lugar. Ya desesperado no tuvo más opción que hacer un pacto con el Diablo y así Don Ortiz encontró una oportunidad de negocio en Olivia Villamayor.

"Es la única forma de pagar mi deuda. Él me amenazó con ir en contra de mi familia" dijo apenado.

"Pagas tu deuda vendiéndome como a un objeto…"

"Lo siento, Antonio, pero yo a Rodolfo Ortiz me lo quitó de encima próximamente" dijo Olivia mientras se bajaba del carro. Ella tramaba un plan y aquella actitud determinante dejó a Antonio pensativo y preocupado.

"¿Qué piensas hacer?" gritó desde el carro.

Olivia lo ignoró, abrió la puerta de entrada y la cerró violentamente. No había más nada que hablar.

"Ten mucho cuidado; no vayas a cometer una locura; esa gente es muy peligrosa, Olivia" dijo en vano pues ella haría caso omiso a sus palabras.

Antonio se sentía miserable; podía sentir que su musa, la mujer que él amaba más que a su vida, lo estaba odiando con todas sus fuerzas y probablemente con toda la razón. Aquel beso que él esperaba de ella se veía cada vez más lejano y capaz nunca llegaría; no después de esta confesión.

Olivia abrió la puerta de su apartamento; encendió las luces y seguidamente recibió una llamada telefónica en su celular.

"Hola, príncipe" dijo sonriente.

"¿Ya diste con el paradero de Valentina?" preguntó ansiosamente mientras se dirigía a la cocina para servirse una copa de vino.

Aquella persona no tenía buenas noticias y todo parecía indicar que lo que estaban planeando no iba por buen camino.

"Las cosas se están complicando, Mateo. Hay una persona que tiene varios días aproximándome y también anda tras la pista de Valentina. Tenemos que encontrarla primero" dijo preocupada mientras escuchaba atentamente las instrucciones que el hombre le daba por teléfono.

"… y tampoco encuentro mi diario. Ahí hay información importante" interrumpió aún alterada.

El hombre continuaba tratando de calmarla. Olivia volvió a hacer silencio y oía atentamente.

"No te preocupes, no diré nada, seguiremos con el plan. ¿Ya tienes el dinero?" Preguntó ella.

"Perfecto" respondió ya algo más tranquila y luego de algunos minutos de conversación se despidió dulcemente de aquel hombre que parecía ser su amante.

Con copa en mano, se dirigió al baño donde abrió el grifo de la tina. Sales y aceites eran la combinación perfecta para aquel tan añorado baño. Mientras se llenaba la tina, Olivia encendió un cigarrillo y salió al balcón. La nicotina que entraba a su cuerpo la relajaba. Había esperado por ese cigarrillo durante todo el día. Se sentó en una butaca que estaba afuera y contempló el oscuro horizonte que se desdibujaba ante sus ojos; la brisa era fría. Mientras fumaba, un triste pensamiento cruzó por su mente; se trataba de su hermana, Ivonne, con la que hace días atrás había tenido una pelea sin precedentes.

Aquel impase fracturó inevitablemente la relación de estas dos hermanas y el motivo había sido un hombre. Tomás Montenegro era un gran amigo de Olivia y ex -

novio de su hermana, pero a raíz de la ruptura las cosas se complicaron.

"Olvídate de Tomás, hermana. Él no está interesado" Olivia estaba muy preocupada por el estado emocional de su hermana quien se negaba a aceptar que la relación había acabado, inclusive un año después del rompimiento. Tomás no sabía qué más hacer al respecto e Ivonne no se cansaba de perseguirlo, buscarlo y escarmentar a cuanta mujer se le acercaba al quien ella consideraba su hombre.

"No te metas en mi vida. ¿Acaso te acuestas con él? ¿Por eso quieres que me aleje?"

"¿Qué estás diciendo, Ivonne?"

"Todo está tan claro ahora, por eso se la pasan juntos"

"Tomás es mi amigo, Ivonne. Estás mal de los nervios"

"Nunca pierdes la oportunidad de meterte por los ojos a los hombres hasta terminar en sus camas" dijo Ivonne desaforadamente antes de que su hermana la callara con una bofetada.

"Te odio. Me traicionaste y nunca te lo voy a perdonar. Ojala estuvieras muerta"

Aquellas palabras eran como cuchillos que apuñalaban sin compasión el corazón de Olivia. Su hermana había perdido toda perspectiva, no entendía de razones y hacía conjeturas que no tenían base alguna.

"Lárgate de mi casa y no vuelvas más" Fueron sus últimas palabras. Aquel agrio recuerdo de días atrás llenó de lágrimas sus ojos, se encogió de hombros y le dio otra inhalada a su cigarrillo.

De repente, aquel momento de silencio y reflexión fue interrumpido de forma súbita nuevamente con el sonar de su celular. Rápidamente, apagó el cigarrillo y entró a la sala.

"Aló" respondió con voz cansada.

"Acabo de terminar de grabar, estoy cansada y lo menos que quiero es hablar de eso"

La llamada, claramente, la había alterado. Sin duda, estaba discutiendo un asunto importante con alguien distinto.

"¡Ya te dije que no te puedo dar el dinero todavía!" dijo alterada, pero aquella persona parecía insistente.

"Por cierto, la última vez que estuviste aquí no habrás agarrado por equivocación un cuadernillo mío" preguntó Olivia refiriéndose a su diario, pero la persona, aparentemente, no tenía idea.

"A finales de mes tendré un dinero que me deben. Hasta entonces no puedo hacer nada. Por los momentos no me vuelvas a llamar" colgó la llamada bastante molesta y apagó su celular.

Olivia empezó a desvestirse en su habitación. Estaba lista para saltar en aquella tina de agua tibia que expedía un aroma de flores y perfumes provenientes de las sales y aceites. Sumergió su esbelta figura desnuda en aquella agua reconfortante. Se recostó y cerró sus ojos. Era su momento de relajación después de aquel largo día y la última llamada que la había alterado emocionalmente.

En medio de aquel silencio sepulcral, el sonido de una puerta que se cerraba volvió a interrumpir su estado de calma. Abrió los ojos rápidamente y se reclinó hacia adelante. No sabía si el sonido era producto de su cansancio o si en verdad algo o alguien lo había causado.

"¿Hay alguien ahí?" preguntó con voz quebradiza.

No hubo respuesta.

"Por favor, Olivia" se dijo a sí misma.

Todo ese tiempo en el set de grabación de una película de terror comenzaba a afectar sus nervios, pensó. Seguidamente, volvió a reclinarse en la tina y cerró sus ojos.

Otro sonido no tardó en ocurrir, pero esta vez se levantó exaltada. No era producto de su imaginación; ella había escuchado algo. Agarró una toalla para cubrirse y salió de la tina dirigiéndose hacía la cocina.

"¿Quién anda ahí?" Preguntó con voz temblorosa. Era evidente que el miedo se había apoderado de ella. Podía sentir la presencia de alguien más en el apartamento. Las piernas le temblaban. Abrió una gaveta en la cocina y sacó un cuchillo. Caminó lentamente entre las sombras hasta la sala para encender las luces. La noche era fría, fuertes vientos avecinaban una tormenta. Es entonces cuando Olivia se dio cuenta que había dejado abierta la puerta que daba hacia el balcón. Una vez en la sala, encendió las luces. Miró toda la habitación y todo parecía normal, pero al voltear la mirada hacia la puerta principal pudo percatarse que estaba entreabierta.

"¿No cerré la puerta?" pensó. En ese momento ella no estaba segura de nada. ¿Podía ser todo aquello producto de su cansancio y tales ruidos eran sólo producto de su imaginación?

"Cálmate Olivia, todo tiene una explicación" se repetía una y otra vez para tratar de apaciguar sus nervios mientras caminaba hacia la puerta principal para cerrarla. Al agarrar la manilla se percató que había sido forzada. Desgraciadamente, los ruidos no eran producto de su imaginación; alguien estaba ahí. Ella no estaba sola.
Rápidamente corrió al cuarto para ponerse algo de ropa.

"¿Dónde está mi celular?" dijo en medio de lágrimas. De repente, se fue la luz en todo el apartamento. Estaba petrificada, no podía moverse, respiraba con dificultad y el corazón le palpitaba fuertemente. "Voy a morir" pensó.

El edificio donde vivía Olivia era bastante lujoso y exclusivo. Habían dos apartamentos por piso y éstos eran espaciosos. Se había mudado ocho meses atrás, vivía en el sexto piso y su vecina era una periodista llamada Laura González. Olivia y Laura solían coincidir muy poco ya que ambas trabajaban largas horas. Eventualmente, coincidían en el elevador o en el estacionamiento, pero su relación se limitaba a pequeñas charlas o formalismos propios de vecinos. Con la esperanza de que Laura ya se encontrara en su casa, Olivia salió de su apartamento y tocó repetidamente el timbre de su vecina. Nadie respondió. Sin saber si se trataba de un simple robo o alguien acechándola, decidió entrar nuevamente a su casa para agarrar las llaves de su auto y salir de ahí lo antes posible.

Una vez adentro, agarró su bolso bruscamente, pero su salida se vio interrumpida cuando una sombra negra saltó sobre ella. Era su atacante quien la tomó por los hombros y la lanzó al suelo. Ella cayó de espalda golpeando su cabeza fuertemente contra una mesa que se encontraba frente al sofá. Aturdida y adolorida por el golpe; intentó pararse, pero su atacante no le dio tiempo ni si quiera de volver en sí. Rápidamente esta misteriosa persona la agarró por el cuello y empezó a ahorcarla. Olivia intentó defenderse dando manotazos desconcertados. En vano, trató de agarrar a su atacante por los brazos, pero era más fuerte que ella y no podía quitárselo de encima. Esta persona apretaba con más fuerza el cuello de Olivia, quien se encontraba ya sin fuerzas.

El atacante vestía todo de negro y no se podía distinguir si se trataba de un hombre o de una mujer. Un relámpago iluminó la habitación, comenzaba a llover fuertemente y los implacables vientos movían los árboles que parecían desprenderse de la superficie.

"¿Por qué?" balbuceó Olivia con dificultad al mismo tiempo que sujetaba los brazos de su atacante mientras la ahorcaba sin piedad.

Ya a punto de entregarse a la muerte, ella dirigió su mirada hacia una escultura algo pequeña que se encontraba sobre el piso al lado del sofá. Soltó uno de los brazos de su atacante para alcanzar la escultura que distaba unos cuantos centímetros de ella. Logró tomarla con dificultad y golpear fuertemente la cabeza del intruso. Finalmente, logró zafarse por unos segundos. Tosiendo y respirando con dificultad se puso de pie, mientras su atacante estaba aún en el suelo recuperándose del fuerte golpe.

Lista para correr hacía la puerta principal, fue sujetada por un pie y cayó nuevamente al suelo. Negándose a morir, lucharía hasta el último momento. El atacante logró ponerse en pie y la levantó bruscamente por un brazo.

"¡Auxilio!" gritó fuertemente. Pero el atacante tapó su boca y nadie la oiría. Ambos comenzaron a forcejear. El intruso la tomó por los cabellos mientras la sujetaba por el cuello; tenía que hacer algo de inmediato. Es entonces cuando al ver la puerta del balcón abierta, ideó el perfecto final.

"No por favor. ¡Déjame ir!" rogó con voz extenuada mientras era llevada a rastras hacia el balcón. Sus súplicas fueron en vano, ya no tenía fuerzas. El atacante la tenía acorralada contra el barandal. Olivia se entregó a su inminente final y dejó de luchar. Un aire frio e intenso golpeaba su cara y cuerpo cuando caía desde el sexto piso.

Olivia cayó sobre el pavimento mojado, la lluvia no cesaba y la brisa aún era fuerte. Desde el balcón, el asesino se asomó para contemplar su obra. Olivia yacía sobre un charco de sangre que se disolvía con la lluvia. Con el sonar de otro trueno, el intruso desapareció en el medio de aquella noche lluviosa.

Olivia Villamayor, una promesa de la actuación, no pudo cumplir su sueño de trascender en el medio artístico. Irónicamente, aquella noche ella pasaría a la historia cuando no sólo había filmado su muerte en la ficción sino también en la realidad.

Capítulo 2. De regreso a Vista Marina.

A una semana de la muerte de Olivia Villamayor, la noticia aún seguía impactando a la opinión pública a nivel nacional. "Crimen pasional en los estudios *Landmark*", "Actriz muere en extrañas circunstancias", "Seguidor asesina a joven estrella" eran alguno de los titulares que continuaban inundando la prensa regional y nacional. Olivia acaparaba los titulares de la prensa amarillista que seguía dándose un banquete con la muerte de la actriz. La policía estatal no tenía un caso sólido y las interrogantes estaban a la orden del día; las hipótesis eran variadas.

Por los momentos, la policía andaba tras la pista de un joven de 27 años de edad llamado Juan Miguel Rondón quien constantemente acosaba y espiaba a la actriz hasta que ésta consiguió una orden de restricción en su contra. Juan Miguel trabajaba como camarógrafo en uno de los canales de televisión regional y conoció a Olivia mientras ella hacía una participación especial en una de las series juveniles del momento. De la noche a la mañana, la joven actriz empezó a recibir llamadas, correos electrónicos, notas y cartas de Rondón de forma excesiva y constante. Lo que comenzó como una simple admiración de un seguidor hacia su estrella, terminó convirtiéndose en una pesadilla para la actriz quien ya no se sentía segura ni en su propia casa. Fue cuando una noche, Olivia se percató que Rondón la espiaba a las afueras de su edificio y tuvo que ponerse en contacto con la policía. Al conseguir la orden, las cosas se calmaron y Olivia no volvió a oír o saber de su acosador.

Residencias Noble Park era el nombre del edificio donde vivía Olivia. Este lujoso recinto comenzó a ser habitado hace menos de 10 meses. Olivia era una de las pocas residentes ya que el edificio todavía tenía apartamentos sin habitar. Aparentemente ninguna de las ocho familias entrevistadas por la policía había escuchado nada fuera de lo común la noche del crimen. La junta de condominio estaba en proceso de contratar a un vigilante, por lo que el asesino pudo entrar y salir del lugar sin problema alguno. El sistema de cámaras de seguridad aún no había sido instalado tampoco.

El primer reporte policial indicaba que Olivia había sufrido algunos traumatismos antes de caer del sexto piso. Esto permitía establecer que hubo resistencia o forcejeo pre-mortem. La puerta del apartamento había sido forzada, sin embargo la policía ya descartaba que el móvil del crimen fuera por robo pues todas las pertenencias, incluidos objetos de valor de la actriz, se encontraban en el apartamento. Esta muerte fue una noticia que retumbó por todo el estado.

Artigas era un estado costero, altamente popular por sus hermosas playas que eran además atractivo turístico de la región. La capital del estado era Mallorca, una ciudad cosmopolita con un alto índice de delincuencia y drogas.

A tres horas de Mallorca se encontraba Vista Marina; un pequeño pueblo de no más de 1500 habitantes. Este pueblo albergaba las mejores y más hermosas playas del estado. Anualmente, centenares de turistas visitaban este pequeño rincón también conocido como La Perla del Caribe.

Cual pequeña localidad, todos sus habitantes coincidían con regularidad en algunos escenarios típicos como el supermercado, el centro comercial, el bar, la barbería y otros negocios que se encontraban sobre la avenida principal que atravesaba el pueblo. La vida en Vista

Marina era tranquila, razón por la cual muchos de los jóvenes al cumplir la mayoría de edad decidían ir a Mallorca, la gran ciudad, por motivos de estudio, trabajo o simplemente para alzar sus alas y abandonar el nido. Ese había sido el caso de Olivia.

Olivia era la menor de los hermanos Villamayor, Ivonne y Jonás. Ella estudiaba Comunicación Social en la Universidad de Santa Cruz ubicada en el pueblo vecino. Al terminar su carrera universitaria, decidió mudarse a Mallorca para perseguir sus sueños como actriz. Es cuando conoce a Antonio Arismendi, quien se encontraba de visita en Vista Marina.

Luke Villamayor, padre de Olivia y además alcalde de Vista Marina, estaba renuente a que su hija menor se fuera sola a la gran ciudad y mucho menos en compañía de un cazatalentos que probablemente sólo quería acostarse con ella. Rebeca Villamayor, madre de Olivia, tuvo que interceder numerosas veces por su hija ante su esposo. El alcalde era un hombre difícil de convencer, pero Rebeca sabía manejarlo. Luke era un hombre testarudo, pero cuando se trataba de sus hijas, él cedía sin duda alguna.

Olivia detestaba la vida pueblerina y Vista Marina no era el lugar idóneo para una gran actriz, pensaba ella. Se juró que jamás regresaría, pero irónicamente regresó a su pueblo natal siendo noticia y dentro de una urna.

Eran las 11 a.m. A pesar de no ser un día soleado el clima era húmedo y caluroso en el embarcadero de Vista Marina. Un bote mediano procedía a desembarcar a un grupo de pasajeros dentro de los cuales una mujer joven y atractiva, de pelo liso color castaño y de esbelta figura llamaba la atención de la gente de la zona.

"Acabo de llegar, siento que fue ayer cuando me fui de aquí" comentaba la mujer por teléfono.

"Te aviso a penas me instale y haga las primeras entrevistas" concluyó y colgó.

"¡Amiga!" gritó otra mujer mientras la saludaba desde la distancia.

"¡Fernanda Brito! Estas igualita" Respondió la otra mientras caminaba por el muelle.

"Laura, amiga, no lo podía creer cuando me dijiste que venías" dijo Fernanda mientras la abrazaba cariñosamente.

Laura González era una periodista de sucesos en uno de los periódicos de mayor circulación de Artigas. Ella había nacido en Vista Marina, pero al igual que muchos de los jóvenes decidió mudarse a Mallorca cuando cumplió la mayoría de edad. Fernanda Brito era su amiga de la infancia además de ser vecinas. Sus padres eran grandes amigos y no había navidad, día de la madre o cualquier celebración que no la pasaran juntas. Con el paso de los años, la comunicación empezó a limitarse pero el cariño seguía siendo el mismo. Fernanda se casó con Andrés Brito, un hombre catorce años mayor que ella, conocido por ser tomador y mujeriego. A pesar de ya estar entrado en los cuarenta, Andrés tenía un aire de misterio que lo hacía interesante. Siempre afeitado y de cabello corto al estilo militar, tenía un porte muy masculino, algo corpulento y de musculatura definida. Seguramente, en sus años de juventud tenía una buena complexión atlética.

"¿Cuánto tiempo te quedas, Laurita?"

"Vine sólo por una semana, amiga. El periódico me mandó a cubrir la muerte de Olivia"

"Terrible, Laura. Aquí se ha armado todo un alboroto con la muerte de esa chica"

"Ella vivía en mi edificio. Era mi vecina. Te podrás imaginar el impacto cuando me enteré de la noticia" dijo Laura.

"¿Se sabe algo más?" preguntó Fernanda mientras ayudaba a Laura a montar las maletas en su carro.

"No amiga. Hasta ahora sólo tienen el nombre de un joven que la había acosado un tiempo atrás. Creo que ayer interrogaron a su mánager, Antonio Arismendi. Se dice que él fue el último que la vio con vida. Yo la noche del crimen me encontraba en el periódico y al llegar a la mañana siguiente me encontré con aquel espectáculo de policías y medios de comunicación"

"Hoy es el velorio" dijo Fernanda.

"Lo sé. Me imagino que los Villamayor deben estar inconsolables".

Aquellas dos amigas continuaron conversando. Transitar por aquellas calles les traía recuerdos de su infancia. Laura se iba a quedar en casa de su madre que ya tenía más de tres meses viajando por Europa visitando algunos familiares. El cielo estaba gris. Las nubes estaban cargadas y los relámpagos no tardaron en ocurrir.

"¿Ha estado lloviendo mucho por aquí?" Preguntó Laura

"Aquí no ha parado de llover. Creo que sacaron un boletín ayer. Hay una tormenta en el Caribe y aparentemente recibiremos los coletazos"

"En Mallorca no ha sido diferente. La semana pasada estuvo lloviendo por dos días seguidos" agregó Laura.

Fernanda se estacionó en la entrada y ayudó a Laura a bajar las maletas. Después de un fuerte abrazo entre dos amigas que tenían más de 4 años sin verse, Laura descansaría un rato antes de ir al velorio de Olivia Villamayor.

"¿Te paso buscando más tarde para ir al velorio? Preguntó Fernanda.

Laura no quería incomodar, por lo que le respondió que no hacía falta. Fernanda no aceptaría un no como respuesta. La presencia de Laura en Vista Marina era una brisa fresca para ella quien parecía tener una vida miserable y triste.

Otro pasajero que desembarcó aquella mañana en Vista Marina, fue Mariana Villegas. Esta rubia muchacha de unos 27 años de edad y algo corpulenta era una de las mejores amigas de Olivia de la universidad en Santa Cruz. Su alma se desgarró al enterarse que su confidente, aquella con quien compartió tantos momentos había sido asesinada sin compasión. Se habían visto hace una semana cuando Olivia había pasado por Santa Cruz antes de ir a Vista Marina. Estas dos eternas amigas pasaron un una tarde inolvidable donde cotillearon, rieron y recordaron el pasado mientras disfrutaban de un vino y una selección de quesos importados en la fresca terraza de la casa de Mariana.

Olivia era de pocos amigos, pero Mariana era uno de ellos. Desde que se conocieron en la semana de iniciación en la universidad, ella supo que su amistad sería sincera y duradera. Para Mariana, Olivia fue una influencia positiva, sobretodo en relación a su autoestima. Su sobrepeso la hacían sentir poco atractiva e incapaz de atraer la atención de ningún chico, pero Olivia la hizo cambiar de actitud.

"Tú eres bella, gorda. No tienes que tener una cintura de sesenta centímetros para ser hermosa" le repetía constantemente.

Con el tiempo, Mariana empezó a arreglarse y a sentirse bien con ella misma. Se dio cuenta que no era importante verse bella sino sentirse bella y Olivia desempeñó un gran papel en esa transformación.

Mariana aún no podía creer tan inesperada partida. Hizo una reservación en la posada del pueblo pues se quedaría sólo tres días antes de volver a Santa Cruz. Hortensia, su madre, quiso acompañarla, pero desde hace algún tiempo estaba sufriendo de dolores en la cervical. Un viaje en bote desde Santa cruz tomaría unos 40 minutos, lo que era contraproducente dado su estado.

"Iré sólo por dos noches, mamá. No vale la pena. Yo pasaré tus condolencias al Sr y a la Sra. Villamayor" le dijo Mariana a su mamá que aún insistía en acompañarla a Vista Marina.

Ya en el muelle, Mariana vio a su alrededor con nostalgia. Tantas veces Olivia la había ido a buscar en ese lugar. Tantas fiestas en la residencia de los Villamayor. ¡Cuántas noches de desvelo estudiando juntas! Todo había quedado en el pasado. Olivia, "compi" como la llamaba cariñosamente, se había ido.

Un estruendoso trueno seguido de una fuerte lluvia caía horas después sobre decenas de personas reunidas en el cementerio local quienes portaban paraguas para resguardarse de la lluvia. Los medios de comunicación se hicieron presente. Olivia, la hija del Alcalde, había sido asesinada y eso era noticia. Vecinos y amigos de la familia expresaban sus condolencias. Rebeca Villamayor vestía un traje negro ceñido al cuerpo y unos lentes oscuros. Aquella mujer siempre recia, mantenía la elegancia inclusive hasta en los peores momentos. Luke, demacrado y con un rostro cansado, se encontraba abrazado a su hija Ivonne en frente de la urna que ya se encontraba lista para ser sepultada. Jonás, el otro hijo de Luke y Rebeca, estaba en una esquina apartado mirando todo aquel espectáculo lleno de amarillismo y entretenimiento a su pensar. Su mirada parecía desafiante. Aquel chico estaba analizando a cada persona que se encontraba en el lugar.

Lucrecia Montenegro, gran amiga de los Villamayor, se encontraba acompañada de sus hijos, Tomás y Daniel, quienes la escoltaban como si fueran sus guardaespaldas. Lucrecia era una mujer atractiva ya entrada en los cincuenta. Había enviudado hace 20 años cuando su esposo falleció de cáncer pulmonar. Tres años después de la muerte de su esposo, decidió casarse con su actual marido, Marcos Montenegro con el que llevaba más de 20 años de un infeliz matrimonio.

El padre Inocencio compartía palabras de aliento con la comunidad consternada por la pérdida de uno de sus miembros.

"Siempre recordaremos a Olivia como aquella niña de gran espíritu quien siempre luchó por sus sueños" dijo el sacerdote durante su discurso.

Laura y Fernanda estaban en una esquina también algo apartadas. Laura miraba a su alrededor tratando de reconocer alguna cara, pero había pasado tanto tiempo desde que se fue de Vista Marina, que nada ni nadie le era familiar. De repente, un rostro llamó su atención, "Tomás Montenegro" murmuró.

"¿Tomás?" preguntó Fernanda en voz baja.

"Tomás vive en Mallorca también. Él trabaja para el canal regional," dijo Laura

"¿…y?" preguntó Fernanda algo confundida.

"Él conocía a Olivia. Varias veces estuvo por mi edificio visitándola. Estoy segura que me puede dar buena información" respondió Laura incisivamente.

Mariana Villegas acababa de llegar y decidió ubicarse cerca de un arbusto algo apartada de todos. Jonás la reconoció al instante y decidió acercarse; la abrazó de forma efusiva sin decir nada.

"Lo siento mucho. Tú sabes lo mucho que tu hermana significaba para mí"

Jonás se mantuvo silente, pero indiscutiblemente la presencia de aquella chica le alegraba el día.

"Encontré lo que me pediste y tenías razón; Olivia andaba tras algo muy delicado. Hay muchas cosas que no logro entender, pero quizás tú las puedes descifrar"

"Encontrémonos en el pueblo después del velorio" respondió Jonás.

Ivonne desde la distancia los miraba de forma extrañada. Jonás y Mariana eran una dupla que todos desconocían.

"¿Desde cuándo existe un trato entre estos dos?" pensó Ivonne mientras cruzaba miradas con Mariana quien sabía de la terrible pelea que ocurrió entre las dos hermanas hace más de una semana.

"Debe estar muriéndose del remordimiento en estos momentos" pensó Mariana quien no se preocuparía en dar sus condolencias a aquella chica a quien ella consideraba una arpía manipuladora, pero para su sorpresa, Ivonne se le acercó.

"Mary, gordita, que dolor tan grande" lloraba mientras la abrazaba. Aquel abrazo se sentía tan hipócrita y fingido que Mariana no pudo contenerse.

"No seas hipócrita. Hace una semana atrás tildaste a tu hermana de zorra y le deseaste la muerte. Esas lágrimas que hoy botas no son de dolor sino de remordimiento"

Jonás sonreía. Finalmente alguien le decía a la insoportable de su hermana las verdades en su cara.

"¿Por qué me dices eso?" preguntó aún en su asombro.

"No tienes ni idea lo devastada y dolida que quedó tu hermana después de todas las cosas horribles que le dijiste. Eres una loca y espero que el remordimiento te dure la vida entera"

Mariana hubiera deseado decirle más, pero dada las circunstancias y el lugar donde estaba, decidió contenerse y calló. Ivonne nunca esperó esa reacción, pero en el fondo sabía que se la merecía.

Tomás, desde la distancia, se dio cuenta que Mariana estaba presente y quiso acercarse para saludarla. Los dos tenían una buena amistad desde la universidad y eventualmente coincidían en fiestas o salidas por la amistad que ambos tenían con Olivia.

"Hola, gordita" dijo Tomás cariñosamente mientras la abrazaba. Mariana reventó en llanto mientras Ivonne y Jonás retornaban al lado de su padre.

"No lo puedo creer. Yo me reuní con ella la semana pasada. Nos reímos de tantas historias" dijo ella con la voz quebrada.

Luke Villamayor no pudo más y reventó igualmente en un llanto inconsolable. Ivonne, lo abrazó fuertemente mientras sus ojos se llenaban de lágrimas de dolor y remordimiento.

"Te amo, papá" le susurró ésta.

Lucrecia se acercó a su amiga Rebeca quien hacía todo lo posible para no flaquear en aquel difícil momento. La urna comenzaba a descender mientras los presentes lanzaban rosas blancas. Una lágrima corrió por la mejilla de Rebeca quien buscó refugio en el regazo de su gran amiga.

"Hoy el Señor recibe a su sierva Olivia Villamayor quien estará a su lado disfrutando de la gloria eterna. Amén" fueron las últimas palabras del padre Inocencio mientras bendecía la urna.

Poco a poco aquella concentración de personas fue disipándose en el medio de la lluvia. Vientos fuertes movían los árboles y el pavimento estaba empantanado. El cielo encapotado reflejaba el dolor y la impotencia que probablemente sentía la familia Villamayor.

En un bar de mala muerte en Mallorca, Antonio Arismendi ahogaba sus penas. Sentado en la barra, hablaba sin sentido mientras el cantinero lo oía sin emitir palabra alguna. No era la primera vez que algún borracho impertinente ventilaba sus desamores en aquel lugar.

"Yo te amaba. Hemos podido tenerlo todo. ¿Por qué?... ¿Por qué?" se preguntaba Antonio una y otra vez refiriéndose a Olivia. Después del quinto whisky en las rocas, comenzaba a ver todo doble.

"Si me hubieras dicho que sí te lo hubiera dado todo, pero ahora estás muerta"

"Ahora la policía piensa que yo tengo algo que ver con la muerte de Olivia" balbuceó Antonio, continuando con aquel monólogo sin sentido. El barista continuaba observándolo mientras secaba un vaso.

"¿La amaba mucho, compadre?"

"Más que a nadie en el mundo"

"Todo tiene solución compadre, ya verá"

"No. La muerte no tiene solución"

Después del sexto trago, había llegado la hora de irse. Con dificultad, Antonio sacó de su cartera unos cuantos billetes para pagar la cuenta. El cantinero en verdad no se preocupó en contar el dinero. Aquel hombre necesitaba irse a casa y dormir la borrachera; mañana sería un nuevo día.

"¿Puede llegar a su casa, compadre?"

"Sí. En dos minutos llego"

Caminando bajo de la lluvia sin saber exactamente a donde iba, un carro lo aproximó y se paró en frente de él. Antonio estaba muy borracho y no podía ver quien estaba dentro del carro; sumado a que la lluvia se hacía cada vez más intensa.

"¿Qué quieres?" alcanzó a decir en medio de su alicoramiento. Probablemente, eso fue lo último que recordó.

Rosita López era la señora de servicio que diariamente limpiaba la casa de Antonio Arismendi. Ella tenía más de diez años trabajando para él. Su horario era de lunes a viernes desde las 9 a.m. hasta las 5 p.m. Antonio le había dado una copia de las llaves de la casa ya que por su profesión, tenía horarios poco convencionales y muchas veces se encontraba viajando. Además, Antonio confiaba plenamente en Rosita y no era la primera vez que le confiaba algo de valor.

Como todas las mañanas, Rosita llegaba a las nueve en punto. Por respeto, siempre tocaba el timbre y anunciaba su llegada antes de abrir la puerta. Aquella mañana no fue la excepción. Algunas veces Antonio no estaba en casa pero siempre le dejaba una nota.

"Buenos días, Sr Antonio" dijo Rosita al entrar.

Como nadie respondió, ella asumió que el Sr Arismendi no se encontraba en la casa. Seguidamente, buscó alguna nota, pero no la consiguió. Algo extrañada, dejó sus cosas en el cuarto de servicio y volvió a anunciar su llegada. El resultado fue el mismo: nadie respondió. Rosita pudo notar que la sala estaba algo desordenada. La mesa de la sala estaba movida y las revistas tiradas por el piso. Eso no era muy común ya que el Sr. Arismendi era un hombre amante del orden.

"Sr. Antonio ya llegué" volvió a anunciarse mientras subía a las habitaciones.

El cuarto de Antonio estaba cerrado.

"¿Será que está dormido?" pensó Rosita en voz alta.

"Señor Antonio" murmuró Rosita lista para abrir la puerta del cuarto.

Su hallazgo la traumatizaría por mucho tiempo. El llanto de Rosita describía el terror ante sus ojos.

El cuerpo ensangrentado de Antonio yacía boca abajo sobre la cama. Su garganta había sido cortada y las sábanas blancas estaban impregnadas de sangre que aún estaba fresca. El asesinato habría ocurrido unas pocas horas atrás.

Capítulo 3. Estamos atrapados.

Llovía a cántaros en Vista Marina. Irene era el nombre de la tormenta tropical que azotaba al Caribe. Vista Marina comenzaba a sufrir los estragos. Los relámpagos eran seguidos de estruendosos truenos. La brisa intensa ya había tumbado algunos árboles pequeños. El gobierno municipal había recibido una alerta de las autoridades estatales sobre posibles vientos huracanados. La municipalidad debía tomar sus precauciones. Alrededor de las 5 p.m. se emitió una orden donde ninguna embarcación podía salir del puerto. El mar estaba violento y gran oleaje se registraba en las playas.

En la casa de los Villamayor se encontraba Lucrecia Montenegro en compañía de sus hijos y de su esposo quien no tuvo tiempo de llegar al velorio.

"Es ahora cuando debe ser más fuerte, compadre" le decía Marcos Montenegro a su gran amigo Luke quien en el despacho se servía un trago de brandy.

"¿Quieres uno?"

Marcos aceptó. Sólo le quedaba acompañar a su amigo en aquel duelo inimaginable.

"El desgraciado que le hizo esto a mi hija va a pagar. No descansaré hasta dar con el maldito" Luke estaba lleno de odio y dolor.

Marcos no quería ser imprudente y preguntar de más. Era muy poco lo que se sabía del caso hasta los momentos.

"La justicia llegará" dijo Marcos con resignación.

En la sala de aquella lujosa residencia se encontraban Lucrecia y Rebeca. La empleada de servicio les había llevado té. Rebeca se veía cansada, pero no se permitía mostrar debilidad. Ella siempre fue una mujer de carácter fuerte y luchador. Luke públicamente decía que su mujer era la que llevaba los pantalones en la casa. Rebeca siempre se mantenía activa especialmente participando en eventos socioculturales del pueblo. Lucrecia, en cambio, era un poco más pragmática. La filantropía humana no era algo que le interesara mucho. Sin saber qué decir en circunstancias como las que se vivían en aquellos momentos, Lucrecia intentó hacer conversación superflua para distraer a su amiga. Sin embargo, ella estaba ensimismada. Las respuestas de Rebeca eran cortas y en monosílabos. Lucrecia necesitaba un trago de vodka, no el té verde que le fue servido.

En el área techada de la piscina se encontraban Tomás, Daniel e Ivonne viendo la lluvia caer. Los hermanos Montenegro habían ido a la universidad junto con Ivonne y Olivia. Todos eran estudiantes de Comunicación Social, sin embargo, los caminos tomados por cada uno al graduarse fueron distintos. Daniel era un chico alto y corpulento de personalidad extrovertida; todo un casanova. Tomás, su hermano, era algo más retraído pero igualmente atractivo. Ambos chicos tenían una personalidad dulce y se hacían querer fácilmente. Eran las pupilas de los ojos de Lucrecia. Tomás, al graduarse, se mudó a Mallorca donde consiguió una pasantía en el canal de televisión regional. Posteriormente, le fue ofrecido el puesto de asistente de prensa, el cual aceptó sin chistar. Por su parte, Daniel se dedicó a viajar, consiguiendo trabajos variados en cada lugar que llegaba. Fue así como se mantuvo económicamente durante dos años recorriendo el mundo. La gente lo veía como un bohemio; no tenía un rumbo fijo y se enamoraba de cuanta mujer le pasaba por delante. El dinero no le preocupaba; no tenía de más, pero tampoco tenía necesidades.

Ivonne miraba la lluvia caer en silencio. Sus ojos escondían rabia, dolor y remordimiento. Parecía que su deseo se había hecho realidad ahora que su hermana estaba muerta. Se reprochaba no poder haberla abrazado y decirle cuanto la quería, pero al mismo tiempo los fantasmas en su cabeza le gritaban que ella y Tomás se entendían amorosamente.

"Tantos recuerdos de la infancia me vienen a la cabeza" susurró.

Tomás sintió mucha pena por ella, se le acercó y le dio un abrazo. Ivonne lo amaba más que a su propia vida; se había convertido en su obsesión, pero él la veía como una amiga, especialmente porque habían crecido juntos. Ivonne seguía atada a un espejismo, incluso aún después de que éste se mudara a Mallorca.

"Olivia siempre tendrá un lugar en nuestros corazones. Desde donde quiera que esté, ella será tu ángel de la guarda" dijo Tomás cariñosamente mientras la abrazaba. Daniel permanecía en silencio.

En medio de aquella noche lluviosa, una visita llegó a la residencia de los Villamayor; era el detective Soto. Rita, la señora de servicio, lo dejó pasar y lo anunció con el Sr. Villamayor. Soto, que estaba algo empapado, se quitó el impermeable y lo colgó en el perchero detrás de la puerta.

Luke despedía a Marcos y a su familia en la sala.

"Gracias amiga, tu apoyo significa mucho para mí" le dijo Rebeca a Lucrecia mientras le daba un abrazo.

"Cualquier cosa que necesites, querida, no dudes en llamarme"

"Gracias por todo, compadre" Luke le dio un apretón de manos a Marcos, quien se colocaba el abrigo.

El detective Soto esperaba en la entrada. Rita lo llevó al despacho por instrucciones del Sr. Villamayor.

"Ya el Sr. Villamayor viene, espérelo por aquí"

Lucrecia quien se percató de la presencia del detective se quedó pensativa.

"No dudes en avisarnos cualquier cosa. Estamos a la orden" dijo Lucrecia incisivamente.

Tomás y Daniel se despidieron igualmente. Tomás se acercó a Ivonne y la abrazó nuevamente. Ivonne no quería desprenderse de los brazos de Tomás, aquellos brazos fuertes que la hacían sentir tan segura y protegida.

Seguidamente, Luke y Rebeca se dirigieron al despacho.

"¿Qué me tienes, Soto?" inquirió Luke desesperado por respuestas.

"Antonio Arismendi, el mánager de su hija, fue asesinado"

Rebeca se llevó las manos al pecho.

"No sabemos si hay alguna conexión son su hija, pero estamos investigando"

"Tengo una semana escuchando lo mismo por parte de ustedes. El maldito que mató a mi hija todavía anda suelto. Ya ha pasado una semana y todavía no tienen un caso sólido. ¿Qué clase de incompetentes son?" exclamó Luke alterado.

"Luke. Por favor. No vamos a solucionar nada así. Deja a la policía hacer su trabajo" interrumpió Rebeca, siempre parca y prudente.

"¿Qué se sabe de Juan Miguel Rondón?" preguntó Rebeca.

"Seguimos tras su búsqueda, después de que su hija emitió la orden de restricción en su contra parece como si la tierra se lo hubiera tragado"

"Me parece increíble que no tengan nada todavía" volvió a exclamar Luke.

"Lamentablemente, el sistema de seguridad del edificio no estaba en funcionamiento para aquel momento, por lo tanto no tenemos registro de quién pudo entrar o salir del edificio la noche del crimen. Antonio era un testigo clave, pero ahora sin él volvemos al comienzo"

"¿Saben si su hija mantenía algún tipo de contacto con Rodolfo Ortiz?"

"¡¿Pero cómo se atreve?!" exclamó Luke molesto.

Rodolfo Ortiz era un hombre muy poderoso y rico en Vista Marina. Se decía que había hecho su fortuna con el tráfico de drogas y el lavado de dinero. Para muchos era intocable, y la verdad era que las autoridades estatales no hacían nada en contra de él, pues se rumoraba que Rodolfo había financiado la campaña del gobernador a cambio de que éste se hiciera la vista gorda ante ciertas actividades ilícitas. Luke había reportado en varias ocasiones ciertas irregularidades, pero al llegar al gobierno estatal, estos reportes se desvanecían como por arte de magia.

"Déjalo que hable" volvió a interrumpir Rebeca.

"Se comenta que su hija tenía una relación amorosa con Rodolfo Ortiz. Incluso dicen que fue visto en compañía de su hija en numerosas ocasiones en Mallorca"

"Eso es imposible. Mi hija sabía la clase de artimaña que era ese hombre" dijo Luke.

"Esa información está todavía aún por confirmar. Sólo le comento que es una de las posibles hipótesis que se maneja. De ser cierto, podría haber alguna conexión entre el asesino de su hija y Rodolfo Ortiz"

Rebeca se persignó. No podía creer cómo el caso de su hija podía terminar relacionado con un caso de drogas o lavado de dinero.

"Estamos trabajando sin descanso Sr Villamayor. Mañana recibiremos un reporte de las últimas llamadas hechas y recibidas del celular de su hija"

Minutos después, acompañaron al detective a la puerta. Aquella visita había dejado muy preocupada a la pareja quien cada día que pasaba se sentía más y más confundida.

"Quiera dios que esto no se trate de un caso de venganza contra mi hija, porque te juro que lo mato con mis propias mano" dijo Luke refiriéndose a Rodolfo Ortiz.

Mientras tanto, Mariana y Jonás sostenían un encuentro en el Café del pueblo tal como lo habían acordado. Éste tomó la mano de Mariana y la miró con ternura.

"Te he extrañado tanto, princesa"

"Y yo a ti"

Aquellos dos jóvenes parecían compartir mucho más que un secreto relacionado con Olivia, pero eso poco importaba en esos momentos. La visita de Mariana al pueblo ciertamente tenía un propósito más allá que el simple expresar de sus condolencias.

"Aquí lo tienes" Mariana le entregó un cuadernillo negro que sacó de su bolso.

"Finalmente vamos a ver en que andaba Olivia"

"Lo poco que leí me horrorizó, Jonás. Olivia decidió meterse en la boca del lobo y no me extrañaría que Rodolfo Ortiz y sus secuaces tengan que ver con su muerte"

"El contenido de este cuaderno no lo podemos divulgar con nadie aún, ni si quiera la policía" pidió Jonás.

"No te preocupes, no diré nada"

"Gracias por hacer esto, Mariana. No sabemos lo mucho que significabas para mi hermana y lo que significas para mí" apretó con más fuerza la mano de mariana y le sonrió con dulzura mientras los ojos de ésta se llenaron de lágrimas.

"Ahora debo irme, no es conveniente que nos vean juntos" dijo Mariana quien andaba un poco ansiosa.

"Hablamos esta noche"

"Ok"

En la calle "El Manantial", Laura se encontraba en casa de Fernanda. Debido a la incesante lluvia, Laura sugirió a su amiga que se quedara a cenar mientras escampaba.

"Ya no te vemos más la cara por acá desde que te mudaste a Mallorca, muñeca" dijo Andrés, el esposo de Fernanda, quien se encontraba viendo un partido de fútbol en la sala mientras bebía otra cerveza.

Laura nunca le gustó Andrés ni la forma déspota como trataba a Fernanda. Sin embargo, él intentaba en la medida que fuera posible de ser amable con ella; frente a terceros, Andrés siempre guardaba las apariencias.

"El canal me mantiene muy ocupada y mi madre se la pasa viajando la mayor parte del año"

"Ingrata. ¿Y nosotros qué?, ¿acaso no somos motivo para que vengas a visitarnos?" exclamó Fernanda jocosamente desde la cocina donde preparaba la cena.

"Cállate la boca Fernanda, siempre con tus pendejadas" dijo Andrés desde el sofá.

"Por supuesto que sí amiga. De hecho, deberías venirte a pasar una temporada conmigo para que descanses un poco"

"¿Descansar de qué? Fernanda se la pasa haciendo nada. Ojalá yo tuviera la vida que tiene ella" volvió a intervenir Andrés desde la sala, nuevamente vejando a su esposa quien ya se había acostumbrado al maltrato verbal de su marido.

"Desearían muchos tener la esposa que tienes tú" respondió Laura en tono molesto quien ya no podía hacerse la indiferente ante los comentarios de Andrés.

Fernanda pudo notar la tensión.

"No le prestes atención" le murmuró Fernanda con una sonrisa apenada.

"¿Tú conoces a Mariana Villegas?" agregó Fernanda tratando de cambiar el tema.

"No. ¿Quién es ella?"

"Era la mejor amiga de Olivia. Se la pasaba metida aquí en Vista Marina antes de que Olivia se fuera a la gran ciudad. Si quieres entrevistar a alguien, Mariana sería una buena candidata. Ella estuvo esta tarde en el velorio. Era la chica rubia algo gordita que estaba hablando con Jonás"

"Ah sí claro. La recuerdo. Es más, yo creo que ella venía en mí mismo bote esta mañana"

"¡Habla con ella! Creo que se está quedando en la posada del pueblo. Capaz tiene información valiosa. Y al fin y al cabo eso es lo tuyo amiga; ¡periodismo investigativo!"

"Gracias por el dato. Mañana intentaré darle una visita"

La cena estuvo lista en una hora. Fernanda, Andrés y Laura se sentaron en la mesa. El desagrado de Laura hacia Andrés era notorio.

"No me importaría caminar bajo esta lluvia con tal de estar en mi casa en estos momentos" pensó Laura.

"Al terminar de cenar te acerco a tu casa, muñeca" se ofreció Andrés. Laura no contaba con aquella inusual muestra de caballerosidad y dicha oferta no sería rechazada.

"¡Es lo mínimo que puede hacer este patán!" pensó mientras Fernanda la miraba con una sonrisa cínica.

Horas después, en la posada del pueblo, Mariana Villegas recibía la visita del detective Soto.

"¡Qué tormenta la que se nos viene encima, detective!"

Mariana le abría la puerta a Soto quien estaba empapado. Las calles estaban solas y ya habían algunos árboles pequeños caídos en la vía principal.

"Gracias por recibirme a esta hora Sra. Villegas. Pero dadas las circunstancias, debo ir a Mallorca mañana mismo para continuar con la investigación"

"Si es que consigue alguna embarcación que lo quiera llevar, detective"

"Esperemos mañana las condiciones climáticas se calmen un poco" pensó Soto ingenuamente.

"¿En qué puedo servirle, detective?"

"Tengo entendido que la Srta. Villamayor la visitó en Santa Cruz una semana antes de su muerte"

"Sí, detective. Yo no lo puedo creer. Hace una semana mi amiga estaba conmigo, y ahora está muerta" la voz de Mariana se entrecortó.

"¿Notó algo extraño en Olivia?, ¿le comentó algo que le haya parecido sospechoso?"

"Sí. La vi un poco desencajada, detective. No era la Olivia que yo conocía, tenía ya varias semanas taciturna y dispersa, pero pensé que era por el stress de la película. Había tenido días de mucho trabajo. Los llamados de grabación eran hasta de 10 horas"

"¿Sabía usted si la Srta. Villamayor había vuelto a oír de su acosador Juan Miguel Rondón?

"No, detective. Más nunca volvimos a oír de él. Después de que Olivia lo denunció en la policía, aquel chico se desapareció completamente. Creo que hasta lo despidieron de su trabajo y se fue de Mallorca... al menos es lo que se dice..."

"¿Cómo era la relación con su mánager Antonio Arismendi?"

"Yo en verdad poco lo conocí. Pero me parecía un señor inofensivo. Todo el mundo sabía que él estaba enamorado de Olivia, pero nunca se atrevería a hacer algo que la lastimara"

"¿Ni por celos, Srta. Villegas?, ¿sabía usted si la Srta. Villamayor estaba saliendo con alguien?, ¿el nombre de Rodolfo Ortiz le suena?"

Mariana recordó el encuentro con Jonás y su promesa de guardar silencio con respecto a Rodolfo Ortiz, pero ahora la hipótesis de que Antonio Arismendi haya matado a su amiga en un arranque de celos parecía bastante plausible. Sin embargo, decidió hacerse la tonta y respondió evasivamente.

"No sé qué decirle, detective. Olivia era una mujer muy hermosa y con muchos pretendientes. Le adjudicaban diferentes romances todo el tiempo"

"Haga memoria Srta. Villegas. ¿Olivia Villamayor le comentó algo cuando la fue a visitar?"

"Olivia me comentó tantas cosas, detective. Pero ahora que recuerdo ella mencionó un chico con el que estaba saliendo. Dijo que era un amor complicado. Pero yo no le di mayor importancia porque desde que conozco a Olivia, todos sus amores eran complicados"

"¿Podría recordar el nombre?"

"Era algo como Mario… Marcio…Martín… ¡Mateo! El nombre que me dijo era Mateo"

"¿Qué le comentó exactamente?"

"Bueno nada especial, detective. Me dijo que estaba saliendo con este chico llamado Mateo que conoció en Mallorca, pero que era una relación complicada porque este chico estaba alguien ligado a gente muy importante o algo así. Yo la verdad no entendí la complicación del asunto. Pero le repito, todas las historias de amor de Olivia eran así. Al final ya yo ni preguntaba".

"¿Tiene alguna información de contacto de Mateo?"

"No detective. Jamás lo conocí"

Mariana trató de usar su celular para conectarse al Facebook y ver si Mateo estaba entre los amigos de Olivia. Pero la tormenta había tumbado la señal. El celular de Mariana no tenía recepción.

Al menos ya había otro nombre. Mateo podía ser una pieza clave para empezar a tener respuestas en el caso.

Después de aquella charla, el detective se marchó. Mariana quedó pensativa. ¿Podía ser el crimen de su amiga un crimen pasional? Mariana se arrepintió de no haber indagado más sobre ese nuevo novio de Olivia cuando tuvo el chance.

Al asomarse por la ventana, vio como la tormenta empeoraba. No se veía casi nada. Podía oír el sonido agudo del viento golpeando la ventana.

"Dios protégenos" pensó.

Se acostó en la cama ya lista para dormir, pero antes quería comunicarse con Jonás. Esperó unos minutos hasta que el celular mostró una barra de señal y lo llamó.

"Hola, ¿empezaste a leerlo?"

"Yo sabía que mi hermana andaba en algo, Mariana"

"La información ahí contenida es muy peligrosa. De ser cierto lo que Olivia descubrió, hay muchas cabezas que van a rodar" dijo Mariana preocupada.

"Recuerda no comentar esto con nadie"

"No te preocupes, Jonás. Mis labios están sellados, pero ten mucho cuidado, por favor"

"Nos vemos mañana como quedamos" dijo Jonás finalizando la conversación.

"Sí. En nuestro lugar secreto"

Mariana se despidió y colgó. En eso, una llamada de un número desconocido entró.

"Aló"

"Necesito que me ayudes. Olivia me dio tu número. Me dijo que podíamos confiar en ti"

Aquellas palabras petrificaron a Mariana.

"¿Quién es?"

La calidad de la llamada no era buena. Se oía entrecortado.

"Olivia me dio tu número… hay algo muy grave…" se volvió a cortar.

Ante semejante llamada, Mariana se paró exaltada de la cama y trató de marcar el número pero no pudo, la señal estaba caída nuevamente. No sabía qué hacer. Nerviosa e intranquila, salió a la mini terraza de su habitación a ver si agarraba algo de señal. El viento soplaba fuertemente y un trueno potente no tardó en escucharse. Su celular volvió a repicar.

"Dime tu nombre" exclamó Mariana quien no podía oír bien.

"Estoy escondiéndome. Es muy peligroso, hay alguien tras de nosotros. Soy…" la comunicación continuaba entrecortándose.

Mariana estaba desesperada. No podía escuchar el nombre de la persona.

"¿Dónde estás ahora?"

"Aló… aló…aló…" volvió a perder la conexión.

La señal no mejoraba mucho desde la terraza, así que entró nuevamente a la habitación y decidió salir a la parte del frente. La posada consistía en un conjunto de townhouses con un área común que era la piscina. Ella era probablemente el único huésped aquella semana. Desde que se había anunciado la tormenta, no habían llegado turistas al pueblo. Sin saber qué más hacer, se quedó unos minutos afuera intentando buscar señal.

El celular sonó nuevamente.

"Es Mateo"

Mariana alcanzó a oír perfectamente esta vez. Estaba impactada.

"¿Qué le pasó a Olivia?, ¿quién la mató?" preguntaba desesperada y ansiosa por respuestas.

"Olivia sabía… por eso los contactó...se deshicieron de ella" se volvía a oír entrecortado.

Mariana no entendía a qué se refería Mateo.

"¿Qué sabía Olivia?, ¿a quién contactó?, ¿quién la mató?" preguntaba mientras se movía de un lado a otro buscando un lugar donde la recepción fuera mejor.

Finalmente, logró entender lo que Mateo le decía por teléfono.

Mariana estaba callada y oyendo en shock lo que le decía Mateo en una voz aterrada y quebradiza. Ella debía ponerse en contacto con la policía lo antes posible. Al entrar al *townhouse* se percató que el piso estaba mojado. Fue entonces cuando se dio cuenta que alguien había entrado a la habitación. Inmediatamente, prendió las luces y se aterró al ver pisadas en el suelo. Lista para salir corriendo fue sujetada por un brazo y lanzada sobre la cama. La puerta se cerró al sonar de otro trueno. Los relámpagos y los vientos cada vez más fuertes fueron los únicos testigos de lo que sucedería aquella noche de tormenta.

Capítulo 4. Nadie puede salvarte.

"¿Estas ocupado, bro?" preguntó Daniel mientras entraba al cuarto de su hermano que estaba acostado leyendo un libro.

"Tranquilo, pasa"

"Oye bro, con todo esto no había tenido el chance de contarte algo que me pasó durante el viaje"

Daniel había llegado hace dos días de San Juan del Palmar, una pequeña localidad al sur de la costa. Daniel estaba visitando a unos amigos que probablemente había conocido en uno de sus viajes de aventura el año pasado.

"¿Qué pasó?" preguntó Tomás intrigado.

"Conocí a alguien" Daniel sonrió pícaramente.

"¿Quién es la afortunada?" preguntó Tomás con algo de ironía.

Las relaciones de Daniel eran efímeras. Su espíritu aventurero y desenrollado no le permitía atarse a una sola persona por mucha tiempo. Él era un alma libre y así quería permanecer.

"Ella es increíble, bro. Nunca había conocido a una chica así"

"¿Cómo la conociste? ¿Cómo se llama?"

"Se llama Nadine. Ella es como yo; un espíritu rebelde" Daniel sonrió.

Tomás ya había oído antes la misma historia una y otra vez. Él no estaba sorprendido y presentía que Nadine sería otra de las noviecitas de turno de Daniel que desaparecería después de una semana o máximo dos.

"Es que tienes que conocerla, bro" repitió Daniel.

"Un día de estos, hermano"

"¿Qué tal si la conoces mañana?"

"¿Cómo que mañana?" exclamó Tomás.

"Me la traje, bro. Se está quedando en casa de Justin. Mamá hubiera pegado el grito en el cielo si la hubiera traído para la casa"

"¿Tú estás loco?, ¿cómo se te ocurre traer hasta acá, dadas las circunstancias presentes, a una muchacha que apenas conoces?"

"Tranquilo, bro. Te va a caer bien" dijo Daniel con una sonrisa descarada.

Daniel pensaba poco las cosas antes de hacerlas, pero su personalidad jocosa y descarada le permitía salirse con la suya la mayor parte de las veces.

"¿Qué hace Nadine? ¿En qué trabaja?" preguntó Tomás algo preocupado.

Daniel sonrió. Tomás presentía que algo no estaba bien. Conociendo a su hermano, sabía que la historia escondía más de lo que él estaba contando.

"Mañana la conoces, bro" concluyó.

Daniel se despidió, ya era tarde y el día había sido largo. Tomás quedó preocupado, pues a su parecer, su hermano era un irresponsable.

En la habitación contigua, Lucrecia hablaba con su marido que ya estaba acostado en la cama. Ella cepillaba su cabello una y otra vez sentada en frente de la peinadora.

"¿Qué hablabas con Luke en el despecho?"

"Nada importante. Luke está destrozado con la muerte de su hija"

"…y ese detective. ¿Qué nueva información tendrán sobre el caso?" Lucrecia hablaba con ella misma mientras seguía peinándose.

Marcos había notado que Lucrecia estaba algo dispersa y ensimismada desde que se fueron de la casa de los Villamayor.

"¿Qué te pasa, mujer?... parece que tienes la cabeza en otra parte"

"Mi cabeza está en otra parte" afirmó ésta quien se paró de la peinadora, apagó la luz y se metió a la cama sin hacer más conversación.

Marcos ya estaba acostumbrado. La relación con su esposa distaba de ser una relación amorosa y comprensiva. Desde hace más de quince años, los dos se comportaban como extraños que compartían la misma cama. Lucrecia no era cariñosa con él y lo trataba fríamente. Las malas lenguas decían que ésta se había casado con Marcos Montenegro sólo por interés. Tomás y Daniel eran hijos de su fallecido esposo, Roberto Sandoval. Ella tendría unos 22 años cuando tuvo a Tomás y dos años después llegó Daniel. Estando éstos a la edad de cuatro y dos años respectivamente, Roberto fue diagnosticado con cáncer pulmonar. La enfermedad se lo llevaría a los tres años tras una lucha dolorosa y costosa que dejó a la familia endeudada y prácticamente en la calle.

Lucrecia no tenía más familia que su hermana Carolina Santiago, con la cual no tenía una buena relación. Al morir Roberto; Lucrecia intentó comunicarse con Carolina, quien lo más que pudo hacer fue conseguirle un trabajo de limpieza en un hospital de Mallorca. Lucrecia tenía que sacar adelante a sus dos hijos, por lo que tenía que aceptar cualquier trabajo que se le presentara. En el camino tuvo que pasar por inimaginables calamidades, hasta trabajar de noche en un bar de mala muerte.

Marcos Montenegro era un hombre adinerado que apareció en la vida de Lucrecia tres años después de que ésta enviudara. Él era un hombre soltero, solvente y bastante atractivo; las tres características que todo hombre debía tener de acuerdo a Lucrecia. Lo conoció una noche en el bar donde trabajaba como mesera y ahí vio la oportunidad perfecta para mejorar su situación. Marcos quedó impactado con la belleza de Lucrecia y al poco tiempo contrajeron nupcias. Éste asumió felizmente la responsabilidad de los hijos de Lucrecia, quienes fueron criados con todos los lujos y comodidades. Lucrecia por su parte se convirtió en toda una reina y se juró que nunca más volvería a pasar necesidad en la vida.

"Buenas noches" dijo Marcos; sabiendo que no obtendría respuesta alguna por parte de quien alguna vez fue el gran amor de su vida.

La lluvia continuaba haciendo estragos en Vista Marina. Todos se encontraban resguardados en sus casas ya que no era seguro estar en la calle. Las olas reventaban contra las piedras en el puerto y las embarcaciones eran sacudidas fuertemente por aquel mar intranquilo. Mientras tanto, el padre Inocencio se encontraba en la casa parroquial ubicada al lado de la iglesia. Terminaba sus oraciones arrodillado frente al altar en su habitación. Oraba por el pueblo de Vista Marina, el cese de la tormenta y el alma de Olivia Villamayor. Este sacerdote de 74 años se había ordenado a los 24 y desde entonces se convirtió en el párroco de la comunidad. Conocía a todos sus feligreses y era muy querido y respetado por ellos. El padre le tenía mucho aprecio a los Villamayor, ya que eran muy consecuentes con la iglesia y otras causas sociales. La muerte de Olivia lo había impactado ya que ella era una muchacha llena de vida y energía.

Al terminar sus oraciones, se persignó y se puso de pie. Ya era casi media noche y no paraba de llover. Se asomó por la ventana y sólo veía agua caer. De pronto, vio la sombra de alguien que saltó el muro y se dirigía a la iglesia. Pensó que podía ser alguien que necesitaba ayuda. Encendió las luces de afuera y esperó que alguien tocara la puerta. Seguidamente, tomó un paraguas y decidió salir a ver de quién se trataba.

"Necesita ayuda"

Nadie respondió.

"¿Hay alguien ahí?, ¿se encuentra bien?" volvió a preguntar.

Otra vez, no hubo respuesta.

El padre caminó hacia la iglesia, la brisa mojada empapaba su sotana. En eso se da cuenta que el portón había sido dejado entre abierto.

Usualmente el padre no cerraba con llave el portón de la iglesia pues era una comunidad tranquila y todos se conocían.

"¿Quiere algo de comida?" preguntó el padre nuevamente pensando que se trataba de algún necesitado o indigente.

Entró a la iglesia y cerró el portón. Ya adentro, recostó su paraguas sobre la pared y caminó sin miedo alguno por el pasillo central hacia el altar. Dios estaba con él, pensó. Mientras caminaba lentamente por el pasillo, una sombra salió de uno de los costados donde se encontraban los confesionarios. El padre saltó del susto.

"¿Cómo me pegas un susto así, hijo?"

"Padre, disculpe… estoy desesperado. No sé qué hacer" dijo el hombre en medio de lágrimas.

"Ayúdeme, padre." Repitió en medio de su llanto.

"Tranquilo, hijo. Cuéntame. ¿Qué te sucede?"

"Temo por mi vida, padre, me quieren matar"

"¿Quién quiere hacerte daño, hijo?

"Son gente muy poderosa. Escóndame, padre, al menos por unos días mientras la tormenta pasa y pueda salir de Vista Marina."

"Sí, hijo. Puedes quedarte acá, pero necesito saber qué es lo que está pasando para poder ayudarte."

"Olivia Villamayor descubrió un terrible secreto y estoy seguro que fue asesinada por ello"

El padre Inocencio se alarmó. Aquel hombre desesperado y fugitivo era Mateo Pérez, el novio de Olivia.

"Hijo, tienes que hablar con la policía"

"No, padre. Mi vida corre peligro"

"La policía puede protegerte, hijo"

"No, padre. Nadie puede. Yo tengo que huir lo más pronto posible de aquí. Disculpe, no quiero involucrarlo en esto"

En eso, escucharon un ruido que venía de afuera. Alguien merodeaba las afueras de la iglesia.

"¿Vino alguien contigo, hijo?"

"No, padre" dijo Mateo asustado.

El padre Inocencio decidió asomarse. Podía ser cualquier cosa, inclusive la tormenta. Abrió el portón y no pudo ver nada, pero no había terminado de cerrar la puerta cuando Mateo salió corriendo violentamente bajo la lluvia.

"Hijo, espera" gritó el padre.

Mateo estaba asustado y hablar con el padre Inocencio había sido probablemente un error.

Capítulo 5. La tormenta se calmó con la muerte.

Había amanecido en Vista Marina. Ramas y troncos bloqueaban las principales calles. La tormenta había cesado, pero continuaba lloviendo. El agua corría por las principales avenidas y el puerto continuaba aún cerrado. La orden era precisa: ninguna embarcación tenía permiso de salir hasta nuevo aviso. Mucho de los habitantes no pudieron llegar a su trabajo aquella mañana, especialmente aquellos que tenían que trasladarse a Santa Cruz. No había forma de salir.

Luke Villamayor, llegó a la alcaldía muy temprano. Los empleados se sorprendieron al verlo pues esperaban que se tomara al menos una semana mientras estaba de duelo. Sin embargo, el alcalde era un hombre responsable, sospechaba que la tormenta iba a traer una serie de problemas al pueblo que ameritarían de su atención.

"Buenos días, Sr. Villamayor" le saludó respetuosamente Candy, su secretaria.

Luke se sentó en su escritorio listo para iniciar su jornada de trabajo.

"Háblate con la unidad de emergencias y la policía municipal, necesito un reporte sobre la tormenta de anoche"

"Sí Sr., enseguida"

Luke prefería estar ocupado que pensando en la muerte de Olivia.

Laura González fue otra que se levantó aquella mañana lista para trabajar.

"Hoy comienzo con algunas entrevistas, lo que pasa es que anoche hubo una tormenta, Ricardo"

Laura hablaba por teléfono con su editor quien esperaba ansiosamente por el artículo sobre la muerte de Olivia Villamayor. Al colgar la llamada, tomó su paraguas y decidió salir al pueblo que estaba a tres minutos de su casa. La tormenta había sacudido todo afuera. Mientras esquivaba algunos troncos y charcos que obstruían el paso, una camioneta la aproximó, era Tomás Montenegro quien le ofrecía amablemente un aventón.

"¿Necesitas que te acerque a algún lugar?"

"Gracias. Iba por un café al pueblo y luego tengo que conducir algunas entrevistas"

Tomás reconocía a Laura. Ambos periodistas habían coincidido en más de una ocasión en ciertos eventos corporativos en Mallorca. Además, Laura vivía en el mismo edificio que su amiga Olivia y probablemente la había visto un par de veces.

Laura aceptó y se subió a la camioneta. Pararon en el Café de la avenida principal. Ambos ordenaron un café y se sentaron en una de las mesas adentro del local.

"Entonces estas aquí para reseñar la muerte de Olivia…"

"Sí. Es muy lamentable lo que pasó"

"Mi familia es muy amiga de los Villamayor y nosotros crecimos prácticamente con ella y sus hermanos" expresó Tomás.

"Yo te vi un par de veces por mi edificio" comentó Laura.

"Olivia y yo éramos muy buenos amigos y casualmente ambos nos mudamos a Mallorca. Yo solía salir con su hermana Ivonne hace un tiempo atrás"

"¿Quién pudo haber hecho algo tan horrible?" se preguntaba Laura, pero nadie tenía esa respuesta aún. Seguidamente, hubo un incómodo silencio.

"Cuéntame a quién vas a entrevistar" preguntó Tomás con interés tratando de cambiar el tema.

"Mariana Villegas"

"Mary era una gran amiga de Olivia y mía también. ¿Sabes dónde se está quedando?"

"Aparentemente en la posada".

"Si no te importa, me gustaría llevarte y así la saludo ya que ayer no tuve tiempo de hablar con ella".

La oferta de Tomás le venía como anillo al dedo y no la rechazaría.

Ambos terminaron el café y se trasladaron al lugar. Al llegar, Laura preguntó en la recepción por Mariana Villegas. La recepción estaba siendo atendida por la dueña de la posada, Lorena Albornoz. Aquella mañana de lluvia, muy pocos empleados pudieron llegar y la recepcionista no había sido uno de ellos. Lorena, algo frustrada, le indicó sin hacer ningún tipo de preguntas que Mariana estaba en el *townhouse* número siete. Mariana era probablemente la única inquilina que la posada tenía por lo que no fue difícil para Lorena ubicarla al oír su nombre. Laura se subió nuevamente a la camioneta de Tomás quien la acercó al *townhouse*.

Al llegar, tocó la puerta varias veces y nadie respondió. Tomás decidió esperar en caso de que Mariana no se encontrara y tuviera que devolver a Laura a su casa.

"Tranquilo, no tienes que esperarme" dijo Laura algo apenada. Pero Tomás era un caballero, no la dejaría sola en aquel lugar donde no había ni un alma.

Después de tocar la puerta varias veces, se percató que la puerta estaba sin llave. Dudosa, abrió la puerta y con una voz algo apenada anunció su llegada.

"Mariana, disculpa, la puerta estaba abierta. Me llamo Laura González y soy periodista" dijo sin entrar.

"Me gustaría hacerte unas preguntas" agregó.

Laura miró a Tomás quien estaba en la camioneta y le dijo: "Creo que no está aquí".

Lista para cerrar la puerta y retirarse, vio un par de gotas de sangre en el suelo que llamó su atención.

"¿Qué es esto?" pensó.

Fue cuando abrió la puerta completamente y descubrió el cadáver de Mariana Villegas tendido sobre el piso de la cocina con el cráneo destrozado.

El horror de aquel hallazgo petrificó a Laura. Un grito alertó a Tomás quien se bajó rápidamente de la camioneta. La policía no tardaría en llegar.

Laura se encontraba llorando desconsoladamente aferrada a los brazos de Tomás. El detective Soto esperó que se calmara para tomar su declaración. Fernanda llegó minutos después de recibir la llamada de Tomás quien la contactó por instrucciones de Laura.

"¡Amiga!" exclamó Fernanda mientras la abrazaba.

Laura no podía emitir palabra alguna. Se encontraba aún en shock. Era la primera vez que veía algo tan espantoso y macabro. El cuerpo de Mariana Villegas yacía en el suelo sobre un charco de sangre. La policía especulaba que la occisa había sido brutalmente golpeada en la cabeza con un bate u objeto similar repetidas veces. El asesino no paró hasta ver sus sesos esparcidos por el suelo.

Mientras los oficiales levantaban la escena del crimen, el detective Soto hacía algunas llamadas. Laura, ya más calmada, daba sus declaraciones al mismo tiempo que Lorena Albornoz era interrogada. Como era de esperarse, nadie vio ni oyó nada. La tormenta nuevamente logró ocultar muy bien las andanzas del asesino.

De vuelta en casa de los Montenegro, Daniel recibió la visita de su gran amigo Justin quien escoltaba a una chica de tez morena, cabello laceo azabache y alta estatura.

"¿Dormiste bien, preciosa?" preguntó Daniel al besarla. Se trataba de Nadine.

"¡Qué casota!" exclamó ésta, quien claramente no estaba acostumbrada a tanto lujo.

Nadine encerraba un aire de misterio. Justin, por la gran amistad que tenía con Daniel, aceptó esconderla en su casa por unos días, a pesar de desconfiar de aquella muchacha que nadie sabía de dónde había salido.

Seguidamente, Lucrecia hizo su aparición en la sala donde estaban los muchachos reunidos.

"Buenas días, Sra. Montenegro" saludó Justin de forma respetuosa y a la vez un poco nervioso.

"Hola Justin"

"Ella es Nadine, mamá. Una amiga de Justin que llegó hace unos días de Mallorca" dijo Daniel rápidamente antes que su madre preguntara.

Nadine era una chica extraña. Se podía ver como desencajaba en aquel ambiente.

"¿Qué haces en Mallorca, Nadine?...¿Estudias, trabajas…?" Preguntó Lucrecia mirando de arriba abajo a la pobre muchacha como si fueran una cucaracha.

Daniel interrumpió hábilmente.

"Estudia con Justin Comunicación Social" mintió.

Justin había estudiado con Olivia, Tomás, Daniel, Ivonne y Mariana Villegas en la Universidad de Santa Cruz. Sin embargo, éste se había atrasado unos dos semestres y no pudo graduarse con el resto. Él era un chico atractivo que se la vivía de fiesta en fiesta. Su vida social era más importante que sus estudios. Era el chico consentido de todas y su fama de pica flor en Vista Marina era bien conocida. Tuvo un romance por más de dos años con Olivia quien lo introdujo en el mundo del modelaje de la mano de Antonio Arismendi. Éste le consiguió ciertos comerciales de ropa interior y en menos de seis meses, Justin ya era popular en la industria. Sin duda, él sabía usar su atractivo físico para lograr lo que quería.

"Sí. Estudiamos juntos" reafirmó Justin mientras Nadine permanecía callada.

"¿Qué semestre cursas?" volvió a preguntar Lucrecia de forma inquisitiva. Aquella muchacha le resultaba tan poquita cosa que su desagrado ya era evidente.

Afortunadamente para Nadine, la señora de servicio interrumpió la conversación anunciando la llegada de un personaje bastante peculiar.

"¿Por qué tanto formalismo si soy sólo yo, niña?" dijo Carolina Santiago mientras entraba a la sala con aquel descaro y desparpajo que siempre la caracterizaba.

"Tía, hasta que finalmente te veo" exclamó felizmente Daniel mientras la abrazaba.

La tranquilidad se había terminado para Lucrecia, su hermana era la última persona que quería ver.

"Lucrecia, querida, necesito hablar contigo"

"Vamos al despacho" dijo Lucrecia esperando que la visita de Carolina fuese breve.

¡Vaya momento de tensión! – pensó Justin, quien se secaba el sudor de la frente aliviado de que Lucrecia no descubrió aquel enredo en el que Daniel lo había metido.

Ya en el despacho, Lucrecia se sirvió un trago.

"Tan temprano y ya tomando, querida" dijo Carolina con ironía.

"Carolina, no tengo tiempo para tus estupideces. Dime qué quieres"

"¿No me sirves un trago?"

Lucrecia le sirvió una copa de brandy.

"Bueno, hermanita, necesito un aumento en la manutención que me pasas"

"¿Un aumento, Carolina? La suma de dinero que te doy mensualmente es bastante elevada" dijo Lucrecia molesta.

"Sí hermanita, pero resulta ser que el costo de la vida ha aumentado y bueno…"

"Lo lamento mucho. Si te doy más dinero, Marcos va a empezar a hacer preguntas"

"Entiendo. Bueno… en el caso de que empiecen a hacer preguntas, yo tendré que responderlas y decir todo lo que sé. Y…ya tu sabes a qué me estoy refiriendo" dijo Carolina en tono amenazador.

Carolina había estado chantajeando a su hermana desde hace ya algún tiempo y ésta no sabía cómo deshacerse de aquella arpía. Lamentablemente, Lucrecia parecía estar atrapada y no tenía más opción que ceder ante el chantaje de su inescrupulosa hermana.

"Estoy cansada de tu chantaje"

"Has debido pensar bien las cosas antes de hacer lo que hiciste, hermanita" dijo Carolina con una sonrisa cínica.

"Yo resuelvo lo del aumento. Ahora, lárgate de mi casa"

"¡Me encanta cuando cooperas!…Dile a mis sobrinos bellos que su tía favorita les dejó muchos besitos" dijo Carolina mientras se marchaba, pero de la salida se tropezó con Tomás quien estaba llegando.

"¡Sobrino bello!"

"Tía que gusto verte, ¿qué haces por acá?"

"Hablaba unas cositas con tu mamá, pero ya me iba. ¿Todo bien?"

Tomás lucía preocupado y cansado al mismo tiempo. Carolina no sabía que su sobrino acaba de estar en una escena del crimen.

"Sí, tía. Es sólo cansancio" respondió Tomás sin querer entrar en detalles; se despidió y entró a la casa.

Adentro, Justin y Daniel continuaban en el salón en compañía de Nadine.

"Ven para presentarte, bro" exclamó Daniel apenas Tomás entró por la puerta.

Tomás no estaba de ánimos para socializar.

"Mariana Villegas fue asesinada anoche" dijo Tomás bruscamente.

"¡¿Cómo?!" exclamó Lucrecia quien entraba a la sala nuevamente.

Los rostros atónitos de todos con la noticia eran contemplados por Nadine quien sentía que quería salir corriendo de ahí en cualquier momento.

Tomás explicó lo que había sucedido, expresando al mismo tiempo su desconcierto y tristeza al haber perdido a otra amiga. Por su parte; Justin y Daniel, a pesar de no haber tenido una relación cercana con Mariana, estaban igual de impactados y entristecidos. Lucrecia empezó a hacer miles de preguntas, como era costumbre. Posteriormente, llamaría a su amiga Rebeca para contarle. Tomás sólo quería recostarse y estar a solas.

Otro asesinato había ocurrido. La policía debía buscar respuestas y saber si esa muerte estaba relacionada con Olivia. Aún era de día y aunque el cielo seguía nublado y gris, había comenzado a escampar. Parecía que la tormenta se había calmado con la muerte de Mariana Villegas.

Capítulo 6. Nadie se burla de Rodolfo Ortiz.

"La Pomarrosa" era una imponente hacienda que contaba con más de veinte mil hectáreas y se encontraba a unos quince minutos del pueblo de Vista Marina. Su dueño era Don Rodolfo Ortiz, el hombre más poderoso del lugar y considerado uno de los más influyentes en la región. Su fortuna estaba calculada en más de $2 billones de dólares. Su gran amistad con el gobernador de Artigas le otorgaba ciertos privilegios que eran constantemente desafiados por Luke Villamayor y su gabinete municipal. Rodolfo controlaba la industria pesquera del estado, la cual era una de las principales fuentes de ingreso en conjunto con el turismo. Adicionalmente, era accionista mayoritario de dos lujosos hoteles en Mallorca y propietario de una cadena de casinos en la región. Por si fuera poco; Don Rodolfo, como era llamado por todos, tenía inherencia en la cámara legislativa del Estado. Enrique López, el gobernador y gran amigo personal, no tomaba ninguna decisión económica sin antes consultarla con Ortiz. Por supuesto, éste lo asesoraría cuidando y velando sus propios intereses.

Rodolfo había enviudado hace más de 15 años. Su esposa, Gabriela Ortiz, había muerto de un cáncer uterino. Por esta razón, la pareja nunca pudo tener hijos. Gabriela sentía frustración al no poderle dar el tan anhelado hijo a su esposo y al final fue vencida en la batalla contra el cáncer. Desde entonces; Rodolfo se dedicó a sus negocios en cuerpo y alma, amasando así una multimillonaria fortuna que lo convertiría en un hombre temible y poderoso – más que el propio alcalde de Vista Marina.

Rodolfo tenía muchos contactos. No había nadie en la región que no supiera quién era él. Una personalidad tan importante también le valió muchos enemigos. En la región había dos carteles de drogas muy importantes; Carlos Villamizar, quien controlaba el estado de Carabobo y Rodolfo Ortiz, quien controlaba el estado de Artigas.

Artigas era un estado relativamente tranquilo con bajos índices de criminalidad; sin embargo en los últimos años, las autoridades emprendieron una lucha ardua contra la droga que comenzaba a convertirse en un problema serio en la región. Esta lucha fue estratégicamente desviada por el recién electo gobernador; Enrique López, quien protegía los intereses de su amigo.

Los negocios ilícitos de Ortiz eran bien conocidos por todos, pero lamentablemente la corrupción empezaba a hacerse parte del Estado bajo la administración de López.

Rodolfo era un hombre alto de 55 años de edad, de cabello canoso y voz imponente de quien se decía que no le temblaba el pulso a la hora de matar. "Nadie se burla de Rodolfo Ortiz" era su frase preferida. Siempre escoltado por sus guardaespaldas, pasaba la mayor parte del tiempo en Mallorca atendiendo sus negocios; rara vez se le veía en Vista Marina. Sin embargo, la tormenta del día anterior no le había permitido salir del pueblo.

Desde su despacho en La Pomarrosa contemplaba el puerto a través de un gran ventanal mientras se fumaba un habano. Uno de sus guardaespaldas, Abelardo, llegó para hablar con él.

"¿Apareció el cretino?" preguntó Rodolfo quien continuaba contemplando el paisaje lluvioso a través de la ventana.

"No, patrón"

"Quiero a ese cretino en mi oficina esta misma noche con el dinero que me robó" sentenció calmadamente.

"Sí, patrón. Mateo tiene que estar aquí en Vista Marina. Con la tormenta de anoche no pudo haberse ido a ningún lado y el puerto sigue cerrado" dijo Abelardo.

"Después de todo lo que hice por él, pero de Rodolfo Ortiz no se burla nadie"

Mateo Pérez era uno de los guardaespaldas de Rodolfo Ortiz. Con el tiempo se convirtió en su mano derecha. Por más de cinco años, Mateo conoció y guardó los secretos más oscuros de su patrón. En uno de los viajes a Mallorca, Mateo conoció a Olivia. Don Rodolfo asistía a una gala corporativa en la que Olivia se encontraba casualmente. Mateo estaba en el estacionamiento del lugar donde ocurría el evento junto a su compañero de guardia, Abelardo. Olivia, algo pasada de tragos, abandonó la gala y tropezó en las afueras del local. Mateo la asistió amablemente y a partir de ahí comenzó una historia de amor cual novela romántica.

Mateo era un hombre alto, de musculatura sólida y piel bronceada. Sus ojos claros enamoraron a Olivia desde el primer momento. Él era un hombre distinto a los ojos de ella. Ésta sentía segura y protegida cuando estaba con él. En un principio Mateo no quiso darle detalles sobre para quién trabajaba. Don Rodolfo era un hombre muy conocido al igual que su mala reputación. Con el tiempo, no pudo seguir ocultándolo más hasta que tuvo que decirle la verdad.

La relación se mantuvo discreta. Olivia no quiso dar detalles a nadie ni si quiera a su mejor amiga Mariana Villegas. Todo parecía marchar muy bien entre ellos, hasta hace dos semana cuando Olivia clandestinamente fue a Vista Marina. A la semana siguiente, Olivia había sido asesinada y Mateo huía con un dinero que le robó a su patrón. ¿Qué secreto sabía Olivia que lo pagó con su vida?, ¿de qué huía Mateo Pérez?, ¿es Rodolfo Ortiz responsable de las muertes sucedidas? Eran algunas preguntas que permanecían sin respuestas.

Alrededor de las 5 p.m., comenzó a llover fuerte nuevamente y los Villamayor recibían la visita del padre Inocencio.

"Pase, padre… ¿Qué lo trae por acá?" preguntó Rebeca quien lo recibía en la sala.

"Vine porque hay algo que debo contarles a ti y a tu marido, hija. Preferí hablarlo con ustedes antes de ir a la policía"

El Padre tenía la atención de Rebeca.

"Ayer un joven fue a la parroquia. Estaba muy nervioso; huía de alguien. Dijo que Olivia había descubierto algo y por eso la habían asesinado y ahora él estaba en peligro"

Rebeca estaba muda, no sabía qué decir. En ese momento llegó Luke en compañía de Ivonne. Al ver las caras preocupadas de su esposa y el padre no pudo evitar alarmarse. Rebeca le pidió al Padre que contara nuevamente la historia. Luke oía atónito y desconcertado; el caso de su hija se convertía en una novela de terror. Para complicar la trama, la llegada del detective Soto los preocuparía aún más. Las noticias que traía el detective no eran buenas. Otra víctima se había cobrado el asesino y esta vez se trataba de Mariana Villegas.

Rebeca se dejó caer sobre el sofá agarrándose la cabeza. Toda la situación parecía tan inverosímil. La noticia que acaba de destapar Soto en conjunto con la información provista por el padre Inocencio hizo pensar a Luke que más asesinatos podían ocurrir.

"¿Hay un asesino en serie entre nosotros?" preguntó Luke que ya no sabía qué creer.

"Sr. Villamayor es muy temprano para hacer conclusiones"

"Ya van tres muertes y aún no se sabe nada" interrumpió Ivonne quien no pudo seguir guardando silencio.

"Las muertes hasta ahora han sido de personas relacionadas a su hija – su mánager y su mejor amiga" dijo Soto.

"¿Tiene alguna idea de quién podría ser el joven que fue hasta la iglesia?" preguntó Soto al padre Inocencio.

"No alcancé a preguntárselo, pero aparentemente él conocía a Olivia, sólo sé que estaba muy nervioso. Dios quiera que se encuentre bien" dijo el padre compasionadamente.

"¿Tu hermana te comentó algo acerca de Mateo Pérez? Preguntó nuevamente Soto.

"No" respondió Ivonne.

"¿Quién es Mateo Pérez?" interrumpió Luke.

"Aparentemente era un chico con el que su hija estaba saliendo, pero no hay rastros de él" respondió Soto quien pensaba se trataba del mismo joven que aproximó al padre Inocencio la noche anterior.

La próxima pregunta alarmaría a los Villamayor.

"¿Podría hablar con su hijo, Jonás?"

"¿Jonás?" preguntó Rebeca algo desconcertada.

"Sólo unas preguntas de rutina"

Rebeca llamó a Rita, la señora de servicio, para que buscara a Jonás quien se encontraba en su cuarto como era costumbre.

Al cabo de unos minutos, Jonás apareció en la sala con cierta actitud.

"¿Qué pasó?" preguntó Jonás un poco descortés.

"Este reporte son las ultimas llamadas que Olivia recibió la noche antes de morir. Tú fuiste el último que habló con ella"

Luke y Rebeca miraban desconcertados.

"¿Entonces…?" respondió Jonás de forma ruda.

"Me gustaría saber qué fue lo que hablaron. ¿Notaste a tu hermana algo nerviosa? ¿Te dijo algo que te pareció extraño?"

Jonás era un chico de pocas palabras.

"Cosas personales" dijo Jonás

"Hijo por favor trata de recordar, fueron los últimos minutos de tu hermana" suplicó Rebeca.

"Ya dije que nada importante. La llamé para pedirle prestado un dinero, pero no me lo quiso dar"

Soto sentía que Jonás ocultaba algo, había algo que aquel chico no estaba diciendo. Jonás se retiró, pero no sería la última vez que Soto volvería a interrogarlo. Sin lograr mayores avances en el caso, Soto se despidió y ofreció darle un aventón al padre Inocencio. Llovía cada vez más fuerte y la brisa se hacía más intensa.

Los Villamayor estaban muy preocupados. El caso estaba tornándose en algo sórdido y aterrador. Luke doblaría la vigilancia en su casa, un posible asesino en serie podría estar rondando Vista Marina.

En un galpón abandonado se encontraba Mateo Pérez. Un fuerte dolor en la cabeza lo despertó. Al abrir los ojos se acordó de lo que había pasado. Al salir corriendo de la iglesia la noche anterior, Mateo vagó bajo la lluvia por más de 30 minutos hasta llegar a aquel galpón. Pensó que podía ser un lugar seguro para pasar la noche y partir a la mañana siguiente. De pronto un fuerte golpe en la cabeza lo tumbó inconsciente al piso hasta ahora que estaba volviendo en sí. Sangre corría por una herida en la cabeza que aún estaba abierta. Amarrado a una silla, la cuerda ya empezaba a cortarle la circulación de pies y manos.

"¿Por qué haces esto, qué quieres de mí?" preguntó Mateo en lágrimas.

Mareado y sin poder ver bien, logró vislumbrar en el medio de las sombras a una persona parada en frente de él. No podía verle el rostro y tampoco distinguir si se trataba de un hombre o una mujer.

"Déjame ir por favor" suplicaba Mateo.

"No diré nada a nadie. No te he visto el rostro. No sé quién eres" agregó.

En eso, el personaje se le acercó por un costado y le susurró algo al oído.

"¡No sé nada, lo juro!" exclamaba Mateo desesperado.

El personaje se acercó nuevamente y le volvió a hacer la misma pregunta.

Mateo lloraba suplicando por su vida. No entendía la razón de estar ahí.

"Agarra el dinero que está en mi bolso y déjame ir"

Mateo no parecía cooperar, sus lamentos y gritos no respondían la pregunta del personaje quien ya desesperado se desapareció de la habitación por unos segundos. Mateo miró alrededor buscando a su verdugo, pero estaba muy oscuro, sólo podía vislumbrar sombras y oír la lluvia golpear el techo de zinc. De repente, sintió un líquido que corría por su cuerpo cuyo olor penetrante lo petrificó del miedo; era gasolina.

"No, por favor,   no me mates" gritaba Mateo desesperado.

"Te juro que no sé su paradero, yo también estoy buscando a Valentina… déjame ir" lloraba Mateo desesperado.

"Yo la ayudé, yo fui bueno con ella, pero ahora no sé dónde está ¡Lo juro!"

Varios minutos pasaron y el asesino no logró obtener ninguna información de aquel infeliz quien no coordinaba sus respuestas en medio de su desesperación y miedo. En segundos, su cuerpo se prendió en llamas. Los gritos de desesperación mientras el fuego devoraba su carne eran contrarrestados por la tormenta que nuevamente comenzaba. El asesino se sentó a contemplar la fogata humana con la cual encendió un cigarrillo.

Capítulo 7. Un asesino en Vista Marina.

Aquella noche las autoridades de Artigas emitieron un comunicado a las autoridades municipales; alertándolas sobre la tormenta tropical Irene. La tormenta alcanzaba vientos sostenidos de más de 110 km/h y se esperaba que se convirtiera en huracán de categoría 1 en cualquier momento. Ya las lluvias habían causado estragos en Vista Marina. Arboles caídos, ríos crecidos, algunas familias damnificadas y otros daños menores eran parte del reporte que se le había entregado a Luke Villamayor.

El puerto continuaba cerrado. Nadie podía salir, ni si quiera al pueblo más cercano. Los *ferries* y otras embarcaciones continuaban paradas en el puerto sin tener permiso de salida. El oleaje era fuerte y los vientos cada vez más intensos.

San Francisquito y El Cocotal, pequeños pueblos aledaños a Vista Marina, reportaban pérdidas físicas y humanas a raíz de las fuertes lluvias. Estos pueblos estaban conformados por comunidades que en su mayoría eran de escasos recursos. Las infraestructuras eran vulnerables y la gobernación aún no había atendido ciertos reclamos que habían sido interpuestos desde el año pasado. Lo cierto era que el gobierno de López se preocupaba más por velar por los intereses de Rodolfo Ortiz en vez de atender las necesidades de las comunidades más necesitadas. La situación en todo el estado ya comenzaba a tornarse delicada; un huracán se avecinaba y todo parecía indicar que Artigas no estaba preparada.

Andrés y Fernanda Brito estaban resguardados en su casa al igual que todos en Vista Marina. Fernanda estaba en la cocina preparando la cena mientras miraba por la ventana la lluvia que caía a cántaros sobre las calles del pueblo. Mientras cocinaba, Fernanda no podía dejar de pensar en su amiga Laura y la horrible experiencia de esa mañana cuando descubrió el cadáver de Mariana Villegas. Andrés, como era costumbre, estaba en el sofá con una cerveza en mano tratando de ver un juego de fútbol cuya señal constantemente se caía debido a la tormenta.

"Pobre Laura, debe estar aún impactada después de lo que pasó" comentaba Fernanda en voz alta mientras Andrés permanecía silente concentrado en el juego.

"Ese pollo debe estar listo, mujer"

"Siéntate en la mesa, ya lo voy a sacar del horno"

La pobre Fernanda siempre sumisa y disponible a las necesidades de su marido. Ya eran cinco años de matrimonio. No era un secreto para nadie que Andrés era un déspota. La pobre Fernanda aguantaba cada maltrato y humillación silentemente. A pesar de ser atractiva, ésta dócil mujer tenía serios problemas de autoestima. Muchos dicen que su temor a envejecer sola la llevó a casarse con el primer hombre que le propuso matrimonio. Andrés era un hombre viudo que le llevaba catorce años. Era originario de Mallorca y al fallecer su esposa decidió mudarse a Vista Marina donde abrió una librería. Meses después conoció a Fernanda cuando ella trabajaba como mesera en el café del pueblo. En esos momentos, ella estaba terminando sus estudios universitarios en Psicología; profesión que nunca ejerció y al casarse con Andrés, asumió el rol de ama de casa tiempo completo.

"¿Dónde fuiste anoche después de acercar a Laura hasta su casa?" preguntó Fernanda quien sospechaba desde hace algún tiempo que su marido le era infiel.

"Me quedé en el bar tomándome unas cervezas"

"¿Arturo dejó abierto el bar con la tormenta de anoche?" preguntó Fernanda con perspicacia.

"¿Por qué el interrogatorio, Fernanda? Ya te dije que estaba en el bar y punto"

Fernanda permaneció en silencio sin contradecir a su marido aunque en el fondo ella sabía que Andrés probablemente se estaba revolcando con alguna mujercita de turno del pueblo. Andrés nunca lo admitiría, siempre era muy cuidadoso especialmente si se trataba de mujeres. Los dos terminaron de cenar en silencio ya que no había más nada que decir.

Después de un baño de tina caliente y dos calmantes, Laura estaba lista para comenzar a escribir su artículo. Fernanda la había acompañado toda la tarde después de que Tomás las acercó hasta la casa. Ella nunca había visto a su amiga tan impactada y emocionalmente drenada. Laura aún tenía en la mente la imagen de Mariana Villegas con el cráneo destrozado tirada sobre el suelo. Muchas habían sido las historias que Laura había cubierto desde que comenzó a trabajar en el periódico "El Espectador"; sin embargo, ésta tenía un toque personal ya que de alguna u otra forma estaba conectada con algunos de los personajes.

La muerte de Olivia había desencadenado una serie de sucesos desafortunados que incluían la muerte de su mánager, Antonio y de su mejor amiga, Mariana Villegas. Habían muchas preguntas sobre la conexión entre estos asesinatos y Olivia Villamayor.

¿Se trataba de un asesino en serie?, ¿podrían esperarse más muertes?, ¿quién podría estar detrás de todo aquello?, pensaba Laura ya sentada frente a su computadora portátil mientras titulaba tentativamente su artículo como "Un asesino en Vista Marina".

Al finalizar de escribir el primer párrafo, alguien tocó a su puerta. Extrañada se asomó y gratamente se sorprendió al ver quien la visitaba.

"¿Qué haces por acá? Preguntó sonriente.

"Quería asegurarme que estuvieras bien"

Era Tomás Montenegro quien ya no podía ocultar lo mucho que Laura le gustaba; más allá de un simple interés profesional. En un principio, éste la ayudaría con su reportaje. Ella tenía muy buena reputación en el medio periodístico y quizás más adelante podía servir como referencia profesional para él, pero no se esperó que la belleza y sensualidad de aquella audaz periodista lo cautivaran completamente.

"Pasa…¿quieres un té o un café?"

"Mejor un trago" respondió éste.

"¿Vino?"

Él simplemente sonrió.

La noche era testigo de cómo estos jóvenes se estaban acercando, aunque no en las mejores circunstancias.

"Me alegra que estés aquí" dijo él.

"¿Por qué?"

"Eres como un ángel que da luz en medio de esta oscuridad"

Laura estaba sonrojada, pero al mismo tiempo alagada de los cumplidos que recibía de aquel chico cautivador. Seguidamente, él intentó agarrar su mano y se acercó a sus labios, pero Laura, algo apenada, trató de esquivar aquella movida. Aquel beso tendría que esperar.

"Mañana tenemos mucho que hacer" dijo ella.

"¿Te refieres al reportaje?"

"Sí"

Laura tenía un contacto en la policía municipal a quien vería por la mañana para corroborar ciertas informaciones. Adicionalmente, iba a intentar entrevistar a Luke Villamayor quien daría una rueda prensa en los próximos días. Una entrevista con Soto había sido descartada pues era evidente como la policía había tejido una gran malla de misterio en torno al caso Villamayor.

Después de finalizar la botella se despidieron. Aquel intento fallido de besarla no lo desanimó, por el contrario, sabía que Laura sentía lo mismo, simplemente no era el día indicado para llevar las cosas a otro nivel.

"Descansa y si necesitas algo no dudes en llamarme"

"Gracias, Tomás"

En casa de los Villamayor, Jonás se encontraba acostado en su cama leyendo con atención las páginas de aquel misterioso cuadernillo color negro que Mariana le había entregado. Rara vez algo captaba su atención de esa manera. Cada página que leía lo intrigaba más. Al mismo tiempo, no podía dejar de pensar en Mariana Villegas y de su tan pronta e inesperada muerte.

Jonás, el mayor de los hermanos Villamayor, era un chico taciturno e introvertido. De contextura atlética, alto y caballo largo, tenía cierto atractivo que muchas veces era opacado por su personalidad. Desde pequeño, Jonás fue un niño diferente que se interesaba más por las arañas y los escorpiones que por los juguetes y las distracciones típicas de los niños de su edad. Al llegar a la adolescencia, la directora del colegio citó a Rebeca porque Jonás tenía un comportamiento bastante agresivo para con sus compañeros y profesores. Un día Jonás, en medio de una pelea, clavó un lapicero en la sien de uno de sus compañeros de clase. La herida no fue profunda, sin embargo esto le valió una expulsión por una semana.

Rebeca decidió ponerlo en terapia, pero los resultados no fueron alentadores. Aquel niño fue desarrollando una personalidad oscura y se retrajo completamente del mundo exterior. Empezó a usar drogas y a infligirse pequeñas cortadas sobre los brazos. Habían ciertos rasgos de su personalidad que sumados a otras variantes llevaron a una de las psicólogas que lo estaba tratando en aquel momento a sugerir que Jonás pudo haber sido víctima de algún tipo de abuso sexual.

Rebeca, alarmada ante aquella hipótesis, trató en numerosas ocasiones de indagar qué pudo haber pasado, pero Jonás jamás dijo nada. Lo cierto era que lo que pudo haber pasado lo marcó de por vida, pero la explicación aún seguía siendo un misterio para Rebeca y

Luke quienes ya se habían dado por vencidos frente al caso de su hijo.

Sin embargo, había una persona que pensaba diferente a todos. Para ella, Jonás era un chico tierno y amoroso. Todos desconocían la relación amorosa que existía entre Mariana y Jonás desde hace algún tiempo. Aquel chico diferente, taciturno y hasta misterioso levantó el interés de Mariana apenas lo conoció. Él era una brisa diferente en su vida; un alma rebelde, desinteresada y hasta ingenua. "No parece de este mundo" pensaba ella.

Aquel chico incomprendido por todos sólo necesitaba amor y ella, ya algo cansada de tantos mequetrefes en su vida, decidió darse la oportunidad de amar a alguien "diferente" a los estándares sociales.

Hace 4 años atrás Mariana se encontraba en casa de los Villamayor estudiando con Olivia para un examen que tenían a la semana siguiente. Era viernes por la noche y llovía fuertemente. Mariana no podía dormir y decidió salir a la terraza. Para su sorpresa, Jonás se encontraba afuera fumando y sin camisa como era costumbre. Ella no podía quitar la mirada de aquel torso definido y musculoso. Estaba nerviosa, se sentía como una chica colegiala y tonta.

"¿Fumas?"

"No, gracias"

El silencio era incómodo, pero a Jonás poco le importaba.

"Viernes por la noche y te quedas encerrada con mi hermana estudiando…"

Mariana sonrió.

"Las chicas como tú no se quedan un fin de semana encerradas en una casa…" agregó Jonás.

Aquello parecía un piropo ante los ojos de Mariana quien dudosa interrumpió.

"¿Chicas como yo…?"

"Bonitas…tú me entiendes" respondió.

Mariana se sorprendió gratamente. Ella nunca había pensado en ella como una chica bonita o popular y de repente aquel chico misterioso estaba parado frente a ella diciéndole cumplidos.

Hablaron por varias horas. La conversación se ponía interesante; ella aceptó un cigarrillo. Aquella noche, la empatía y la química entre esos dos extraños se hacía más y más fuerte. Mariana se sentía tan a gusto hablando con el hermano de su mejor amiga que las horas pasaban y no se dieron cuenta que eran más de las 3 a.m. En un momento, él puso su mano sobre su pierna, un cosquilleo se apoderó de su cuerpo. Finalmente, la besó de forma apasionada y ella se entregó a lo que vendría después. Hicieron el amor hasta el amanecer prometiéndose mantener la relación en secreto; lejos de los chismes y las opiniones del mundo exterior. Para su pesar, Mariana ya no estaba y sólo guardaba con él los recuerdos de un amor que no pudo envejecer.

Otro trueno se oyó desde la distancia, los fuertes vientos movían el árbol que se encontraba en la parte trasera de la casa. Jonás se asomó por la ventana contemplando la majestuosidad de la madre naturaleza. Inhaló un porro de marihuana y continuó leyendo. Otro relámpago no tardó en ocurrir, pero esta vez era el relámpago de su hermana Ivonne quien había entrado estruendosamente en su habitación sin ni siquiera tocar la puerta. Jonás escondió rápidamente el cuadernillo debajo de su almohada.

"Ahora mismo me vas a decir que era lo que hablaban mi hermana y tú la noche que fue asesinada" dijo Ivonne molesta.

"Salte de mi cuarto" demandó Jonás quien nunca se llevó bien con Ivonne.

"Tú estas ocultando algo. ¿Desde cuándo mi hermana y tú eran tan cercanos?"

"Lárgate de aquí" gritó Jonás a punto de perder los estribos.

"Seguro le estabas pidiendo dinero para costear tus drogas"

Jonás no aguantó más, la tomó por un brazo y la forzó a salir de su habitación.

Olivia era el único miembro de la familia que tenía cierta comunicación con Jonás. Sin ser una relación muy amorosa, Olivia se preocupaba por su problemático hermano mayor. Al mudarse a Mallorca, Jonás la llamaba cada cierto tiempo para saber de ella. Sin embargo, no era el único motivo. Olivia le solía prestar dinero y él nunca se lo devolvía. Siempre le inventaba historias sobre proyectos para los cuales estaba trabajando y que necesitaba de su colaboración. En el fondo, ella sabía que esos proyectos sólo existían en la imaginación de su hermano y que el dinero probablemente era para comprar drogas o alcohol. Sin embargo, Jonás empezó a pedir más dinero con mayor frecuencia y Olivia necesitaba parar todo aquello. Sus gastos eran cada vez más crecientes producto a su nuevo estilo de vida y seguir financiando a su hermano no era rentable.

Días antes de que Olivia fuera asesinada, Jonás la contactó varias veces pidiéndole dinero.

"Ahorita no puedo darte más dinero, Jonás"

"Es sólo una pequeña cantidad. Te juro que te pago a final de mes"

En el fondo, Olivia sentía pena por su hermano. No sabía cómo decirle que no.

"Estoy esperando un dinero para finales de este mes. Hasta entonces no puedo darte nada"

Jonás estaba intrigado, su hermana tenía varios días evitándolo y no respondía a sus llamadas. Ella nunca le había negado un préstamo. Olivia andaba en algo turbio pensaría Jonás.

Inhaló nuevamente el porro de marihuana y se recostó en su cama. Sacó nuevamente el misterioso cuadernillo negro y continuó leyendo.

De vuelta en casa de Justin, Nadine se acomodaba en la habitación de huéspedes para dormir. Justin se acercó a la habitación.

"¿Necesitas algo?"

"No. Gracias. Ya me iba a acostar"

"¿Por qué tuvimos que mentirle a la mamá de Daniel?"

"La Sra. Montenegro es bastante difícil" respondió Justin sin querer entrar en detalles.

"Además, no es mucho lo que sabemos de ti. Ya te irán conociendo mejor" agregó.

"De mí no hay mucho que saber"

"¿Por qué dices eso?" preguntó intrigado.

"Mi vida no ha sido precisamente como un cuento de hadas"

"Creo que la vida de nadie" respondió Justin.

"Al menos tu familia no te regaló a una familia de degenerados. Al menos tú no tuviste que crecer en la calle. La vida allá afuera es ruda" sentenció.

Tales aseveraciones habían captado la atención de Justin quien pensó era el momento preciso para saber quién era Nadine realmente.

"¿Nunca conociste a tus verdaderos padres?"

"Nunca. Crecí con una borracha. Su marido me violó a los 11 años. Me golpeaban y me obligaban a pedir dinero en la calle. A los 15, decidí irme. Desde entonces crecí en la calle"

Justin estaba sin palabras. "Pobre muchacha" pensó.

"¿Cómo te mantenías?" preguntó Justin cuya curiosidad era evidente.

Nadine se sonrió con ironía.

"¿Cómo crees que sobreviví?" preguntó de forma retórica.

"Robé, vendí drogas y hasta me prostituí"

Justin había destapado una olla de presión y Daniel probablemente no sabía nada del pasado de esa muchacha.

"¿Cómo conociste a Daniel?"

"Ya no ejerzo como prostituta, no te preocupes"

Justin no emitió comentario alguno.

"Nos conocimos en Mallorca. Yo trabajo como mesera en un club nocturno. Daniel ha sido el único hombre que me ha tratado con respeto. Debe ser eso lo que me cautivó de él"

"¿Ya él sabe tu historia?"

"Él no hace preguntas, pero ya tendré que contárselo todo" asumió Nadine.

Aquella charla dejó a Justin algo ansioso y preocupado. A pesar de que Nadine parecía sincera e inofensiva, Daniel era un soñador y podía meterse en problemas más adelante. Esta no era la chica para su amigo sentenció Justin egoístamente. Al finalizar la charla se despidió con algo de desconfianza.

"Tranquilo, mi vida cambió. Mis malas mañanas quedaron en el pasado. No voy a robarte nada".

Nadine apagó la lámpara que se encontraba sobre la mesa de noche y se acostó a dormir.

Ya era media noche en Vista Marina y la lluvia era cada vez más fuerte. Otra noche más en la que el padre Inocencio no podía conciliar el sueño. El sacerdote se encontraba bastante ansioso e intranquilo a raíz de la muerte de Olivia y por los recientes acontecimientos suscitados en el pueblo. La visita de Mateo Pérez también lo había mortificado. "¿Dónde estará el pobre muchacho en estos momentos?" pensaba el padre quien oraba día y noche. Era como si una gran nube negra si hubiera posado sobre el pueblo trayendo desgracia e infortunio.

Un ruido que venía desde afuera interrumpió las oraciones del sacerdote. Rápidamente, se asomó por la ventana. Pensó que era aquel muchacho que había retornado por ayuda. Encendió las luces, pero no pudo ver nada. Tomó el paraguas y salió de la casa parroquial en el medio de la lluvia.

"¿Estás ahí, hijo? Déjame ayudarte"

Nadie respondió.

"La tormenta empeorará, estarás más seguro aquí" agregó el sacerdote. Aun así, no se oyó nada.

Esperó unos momentos afuera y en vista que nadie respondía, decidió entrar nuevamente a la casa parroquial. Al cerrar la puerta una nota había sido dejada sobre la mesa al lado de la puerta de entrada. La tomó con algo de desconfianza y se preocupó pues alguien había entrado a la casa, pero lo que más lo alteró fue el mensaje contenido en la nota.

"Sólo usted puede parar los asesinatos. Vendrán otros más si usted no cuenta lo que pasó con Valentina"

El padre se persignó y estaba dispuesto a contactar al detective Soto lo antes posible. Un asesino se encontraba en Vista Marina dispuesto a cobrar más víctimas.

Capítulo 8. En el nombre del Padre, y del Hijo, y del Espíritu Santo.

Vista Marina había amanecido nuevamente en medio de una lluvia intensa, pero lo peor aún estaba por venir. Afortunadamente, no se habían registrado más damnificados y los fuertes vientos de la noche anterior no causaron mayores daños. Eran las 7 a.m. y la policía había recibido una llamada por parte de unos campesinos notificando el hallazgo de un cuerpo calcinado en un galpón no muy lejos de la playa. El detective Soto se encontraba en la escena del crimen. La unidad forense hacía el levantamiento del cadáver que estaba identificable. "Otro asesinato. Esto no pinta nada bien" pensó Soto. Simultáneamente, recibió la llamada del padre Inocencio quien añadiría más suspenso a esta historia que comenzaba a convertirse en una película de terror.

"Dígame, padre"

"Detective, anoche recibí una nota muy extraña"

"¿Qué tipo de nota, padre?"

"Es una nota escrita a máquina alertándome sobre más asesinatos en el pueblo"

El caso se complicaba. Sin embargo, la nota podía llevarlos a grandes hallazgos. Soto pidió al padre Inocencio que se reuniera con él y Luke Villamayor lo antes posible. Al colgar la llamada, el detective llamó al alcalde para ponerlo al tanto de la situación.

La noticia de otro asesinato corrió como pólvora en el pueblo. "La muerte vino con la tormenta" decían los supersticiosos, pero la realidad era que había un asesino en la comunidad. Mientras tanto, Laura esperaba ansiosamente en el Café por Tomás quien llegó a los pocos minutos.

"Tenemos que ir ya al galpón que queda por la playa Cocoteros" exclamó Laura a penas lo vio.

"¿Qué pasó?" preguntó Tomás intrigado.

"La noticia está corriendo por el pueblo. Hubo otro asesinato"

"¡Vamos!"

Tomás y Laura se disponían a salir de inmediato a la escena del crimen, pero algo no previsto los retrasaría. Ivonne llegaba de forma inesperada para finalmente enfrentar a quien ella consideraba su competencia.

"¿No me presentas, Tomás?"

"Ivonne Villamayor, hermana de Olivia y amiga" Tomás respiraba hondo ya que no estaba para aquellas escenas infantiles e inmaduras.

"Nosotros fuimos más que simples amigos, bebé"

Laura pudo notar algo de veneno en las palabras de Ivonne, pero ella no tenía tiempo que perder; había una noticia y todo parecía indicar que el caso de Olivia Villamayor se complicaba cada vez más.

"Mucho gusto, Ivonne. Si me disculpas ando apurada, debo cubrir una noticia"

"¿Otra muerte?... Caramba, la muerte está a la orden del día en este pueblo últimamente"

"Sí, y ya vamos retrasados, Ivonne" se despidió Tomás igualmente, huyendo rápidamente de aquella incómoda situación. Por los momentos, Ivonne ya sabía quién era su contrincante y mantendría los ojos bien abiertos.

Luke se encontraba en el comedor de su casa desayunando con Rebeca. Como era de costumbre, Jonás estaba encerrado en su habitación cual perfecto ermitaño. Eventualmente, bajaría a la cocina para buscar algo de comer y regresar a su encierro.

"Disculpe Sr. Villamayor, tiene una llamada importante del detective Soto" interrumpió la señora de servicio.

Luke estaba algo extrañado. Rebeca lo miró con algo de desconcierto. "¿Qué habrá pasado ahora?" pensó.

"…detective" respondió Luke a la llamada.

Luke se mantuvo en silencio por unos segundos.

"…venga de inmediato" respondió Luke.

Rebeca no sabía lo que estaba pasando, pero tenía el presentimiento de que no era nada bueno. Se llevó las manos al pecho murmurando "Señor protégenos"

"Otro asesinato" dijo Luke sin rodeos.

Rebeca lo miró con preocupación.

"¿Quién?"

"Aún no lo sé, ya el detective viene para acá"

"Hoy mismo refuerzo la seguridad de la casa. Quédate tranquila" agregó Luke para tranquilizarla.

"¿Estos crímenes están relacionados con nuestra Olivia?" preguntó Rebeca que aún estaba en shock.

"No lo sé. Ya no estoy seguro de nada. Probablemente, habrá que convocar una asamblea lo antes posible y alertar a la comunidad. No podemos seguir contando muertos" dijo con preocupación.

El resto del desayuno quedó intacto sobre la mesa. Luke se encerró en su despacho a esperar al detective y al sacerdote quienes no tardarían en llegar.

Mientras tanto, Laura y Tomás habían llegado a la escena del crimen. Tomás tenía un paraguas en la parte trasera del carro, pero Laura estaba ansiosa por respuestas por lo que poco le importó bajarse en el medio de la lluvia y aproximar a uno de los oficiales.

"¿De quién se trata la víctima?, ¿este asesinato esta también relacionado con Olivia Villamayor?" preguntó la incisiva periodista con una grabadora en mano.

Tomás venía detrás de ella con el paraguas para protegerla de la lluvia.

De salida, Soto se percató de la presencia de la periodista y rápidamente caminó hacia ella.

"No hay comentarios por los momentos"

Laura esperaba aquella reacción.

"Detective, van tres muertos hasta los momentos. ¿Qué relación guardan con Olivia Villamayor?" volvió a preguntar.

"Ya se organizará una rueda de prensa con los medios. Por los momentos no hay comentarios"

Ante la negativa de Soto, no había más nada que hacer. Laura intentó tomar fotos de la escena del crimen, pero los oficiales no la dejaron acceder al perímetro. La unidad forense aún continuaba con el levantamiento del cadáver.

"García nos va a ayudar" le dijo Laura a Tomás apenas Soto se retiró.

"¿Quién es García?"

"Un viejo amigo que me debe un favor y casualmente trabaja en la policía"

Laura era una de esas periodistas que siempre se salía con la suya y esta vez no sería una excepción. Después de tomar algunas fotos desde las afueras del galpón y comunicarse con García quien tenía el día libre, Laura y Tomas se retiraron. Había mucho trabajo por hacer aquella mañana lluviosa que había comenzado con muerte y más cabos sueltos.

Laura citó a García en el Café del pueblo. Romero García había sido novio de Laura varios años atrás. La relación había terminado en buenos términos incluso antes de que ella se mudara a Mallorca. Desde entonces quedaron como amigos y se comunicaban eventualmente o cuando Laura visitaba al pueblo.

"¡Laurita!" exclamó García apenas llegó.

Los dos se abrazaron con gran cariño. Habían pasado algunos años desde la última vez que se habían visto.

"Tomás Montenegro, un colega periodista" Laura introdujo a Tomás quien lo miraba con desconfianza.

Después de los formalismos tradicionales, los tres se sentaron y ordenaron un café. Había mucho de que hablar.

"¿Qué te trae por acá, Laurita?"

"Estoy cubriendo una nota sobre el asesinato de Olivia Villamayor y algo me dice que la policía sabe algo más que no ha querido divulgar"

García se sonrió. Laura siempre fue audaz e insistente. Esas dos características fueron las que lo conquistaron.

"¿Qué te hace pensar eso, Laura?"

"Han ocurrido más asesinatos y casualmente todos han sido de personas relacionadas con Olivia Villamayor"

"Es una de las hipótesis que se manejan" dijo García sin querer develar mucho.

"Te conozco muy bien. Sé cuando ocultas algo" dijo Laura perspicazmente.

García se sonrió.

Tomás permanecía callado.

"El departamento de policía tiene la presión del alcalde y lo peor es que no tienen un caso sólido. En verdad no tienen ninguna pista y aún no han podido dar con Juan Miguel Rondón. Una de las hipótesis que se maneja es que Olivia descubrió algo importante, pero el último en hablar con ella fue su hermano Jonás Villamayor y éste no ha querido cooperar"

"¿Jonás Villamayor?" interrumpió Tomás extrañado.

"Se rastrearon las últimas llamas recibidas y hechas por Olivia. Jonás la llamó minutos antes de que fuera asesinada. Soto intentó interrogarlo, pero Jonás no quiso dar declaraciones" explicó García.

"¿…y si se emite una orden en contra de Jonás?" preguntó Laura.

"No se puede emitir una orden sin una evidencia incriminatoria. El asesino ha sido muy cuidadoso, no ha dejado huellas o evidencias de ADN en ninguno de los crímenes" respondió García.

"Hay algo que nadie sabe aún. Soto está tratando de encontrar una orden en contra de Rodolfo Ortiz" agregó García.

"¿El millonario Rodolfo Ortiz?" preguntó Laura sorprendida.

"A Rodolfo Ortiz se le vio varias veces en Mallorca en ciertos eventos donde Olivia estaba también presente. Olivia salía con uno de los guardaespaldas de Ortiz, Mateo Pérez, quien actualmente está desaparecido. Se dice que Ortiz, tenía ciertos negocios o convenios con Antonio Arismendi, el mánager de Olivia"

"¿Qué tipo de negocios?" preguntó Laura.

"No es un secreto que Ortiz controla el negocio de la droga en Artigas. No te sorprendas, si parte de la carrera de Olivia fue financiada por Ortiz" concluiría García.

"Eso es imposible, yo conocía a Olivia muy bien. Ella hubiera sido incapaz de relacionarse con un capo como Rodolfo Ortiz" intervino Tomás determinante.

"No pongo en duda la integridad de la Srta. Villamayor, pero algo turbio la envolvía y por ello murió" concluyó García.

"¿...y será posible encontrar una orden en contra de Ortiz? Ese hombre controla prácticamente este estado. Ningún juez dará la orden" dijo Tomás pesimistamente.

"Soto está apelando a las autoridades nacionales, pero por los momentos hay que esperar" dijo García.

Aquella conversación le dio a Laura información de lujo. El caso de Olivia Villamayor parecía una de las tantas novelas de Agatha Christie que ella leyó durante su adolescencia. Después de más de dos horas de charla, García se disculpó, su esposa le había encargado algunas cosas del supermercado en el caso que la tormenta empeorara.

"Fue un placer volverte a ver, Laurita. Y ya sabes, nada de esto lo supiste por mí" le dijo García después de un fuerte abrazo y se retiró.

"El tal García te tiene mucho aprecio, Laurita"

Laura sonrió después de aquel comentario. García era un buen amigo y nada más, pero sin duda alguna se sentía alagada pues notaba algo de celos en las palabras de Tomás.

"Él es un gran amigo a quien le tengo mucho cariño" sonrió.

Una especie de química nacía entre esos dos comunicadores quienes estaban disfrutando, quizás demasiado, de la compañía mutua. Cinco minutos después de que García se retirara, una van que circulaba por las calles de Vista Marina pasó por el frente del Café invitando a la comunidad a una asamblea extraordinaria.

"Se invita a toda la comunidad de Vista Marina a una asamblea extraordinaria esta noche en la plaza central.

Asistencia de carácter obligatorio" decía el hombre que manejaba la van a través de un megáfono.

Laura y Tomás se miraron. "El asunto debe ser más serio de lo que parece," pensaron.

La discreta reunión entre Soto, Luke y el padre Inocencio tuvo que haber alarmado al alcalde quien sin titubeos tenía que dirigirse a su comunidad en aquellos momentos de crisis.

Alrededor de las 6 p.m. los habitantes de Vista Marina comenzaron a conglomerarse en la plaza central a las afueras de la alcaldía. Algunos portaban paraguas y otros se ubicaron bajo el techo de algunos negocios que se encontraban alrededor de la plaza. Todos esperaban intrigados por Luke Villamayor.

Laura y Tomás se ubicaron frente de la tarima. Tomás aguantaba un paraguas mientras cubría a Laura para que no se mojara. Fernanda quien se encontraba en compañía de su marido se les acercó a penas los vio.

"¡Qué buena vaina nos hecha el alcalde con esta reunión en medio de esta lluvia!" exclamó Andrés Brito.

"¿Cómo sigues, amiga?" preguntó Fernanda.

"Trabajando, amiga. Mi editor quiere el artículo lo antes posible"

Laura estaba más tranquila. En esos momentos sólo se enfocaba en hacer el periodismo investigativo que tanto le apasionaba.

Lucrecia Montenegro hizo su aparición en compañía de su esposo Marcos y su hijo Daniel. Al ver a Tomás, ésta le hizo una seña desde lejos para que se acercara a donde se encontraban.

"¿Dónde has estado todo el día?" preguntó en tono inquisitivo.

"He estado ayudando a Laura González con unas entrevistas"

"¿Qué entrevistas?"

"Sobre Olivia Villamayor"

Lucrecia permaneció en silencio. Algo no le gustaba de todo aquello. Miró con desconfianza a Laura quien se encontraba a lo lejos aún acompañada de Fernanda y Andrés Brito.

Mientras tanto, Rebeca e Ivonne salían de la alcaldía donde estaban acompañando a Luke mientras preparaba su discurso. Ivonne vio que los Montenegro habían llegado y se dirigió rápidamente hacia ellos. Rebeca la siguió.

"¿Cómo estas, amiga?" preguntó Lucrecia mientras abrazaba a Rebeca.

"Amiga, todo esto es demasiado" respondió.

"¿Esta asamblea tiene relación con el caso de Olivia?" preguntó Marcos.

"Sí. Otras muertes han ocurrido y hay que alertar a la comunidad" dijo Rebeca tratando de ser discreta.

"¿Quién es la nueva víctima?"

"Aún no se sabe quién es"

Daniel quien se mantenía en silencio miró a su hermano y le hizo una seña pícara al ver como Ivonne sujetaba el brazo de éste. Para ella, tenerlo de vuelta en el pueblo era maravilloso. En su mundo de ilusiones, tenía esperanzas de revivir el pasado, pero Tomás no estaba interesado, su interés se encontraba cerca de la tarima; Laura González lo había cautivado.

El padre Inocencio salió de la casa parroquial que estaba del lado opuesto a la alcaldía. Atravesó la calle y se ubicó bajo el toldo de uno de los restaurantes de la plaza. Se notaba preocupado. Miraba a todos lados como buscando a alguien. Algunos feligreses se le acercaban y lo saludaban con cariño, pero su mirada estaba perdida. La gente podía notar que algo extraño le sucedía. En eso, se sorprendió al ver a un pintoresco personaje que tenía tiempo que no veía entre las filas de su iglesia; Carolina Santiago.

"Padre, lo noto algo exaltado" dijo Carolina con aquel tono jocoso de siempre.

"¿Cómo estas, hija?" dijo el padre nervioso.

"¡Impactada con todo esto, padre!"

Carolina tenía algunas copas encima. Desde hace algunos años, se había sumergido en el mundo del alcohol y nada le importaba. La soledad y el resentimiento se habían apoderado de ella. Carolina nunca le perdonó a Lucrecia que ésta se casara con Roberto, su primer marido. Éste había conocido primero a Carolina en una fiesta de la empresa donde ella trabajaba como secretaria y al cabo de unos meses formalizaron su noviazgo. Al año, Roberto fue traslado a Mallorca por motivos de trabajo. Ingenuamente, Carolina lo puso en contacto con su hermana para que lo ayudara en cualquier cosa que pudiera necesitar. La sensualidad y el atrevimiento de Lucrecia volvieron loco aquel hombre quien en menos de dos meses había terminado en la cama de aquella explosiva mujer.

Carolina notaba a quien para ese momento era todavía su novio un poco distante; no le devolvía las llamadas y ya tenía más de una semana que no sabía nada de él. Es entonces cuando decide ir de sorpresa a Mallorca y presentarse en el apartamento que Roberto había rentado. Al abrir la puerta, él no sabía qué hacer; se puso pálido; Lucrecia estaba en su cama. Aquel hallazgo destrozó el corazón de Carolina quien desde entonces no volvió a ser la misma. El odio se apoderó de ella; sus ilusiones; sueños y esperanzas se vinieron abajo.

Después de aquel episodio, Roberto sintió que lo correcto era terminar con ella y al cabo de un tiempo formalizó su relación con Lucrecia con quien se casó y tuvo a Tomás y Daniel. Desde entonces, Carolina decretó su odio hacia su hermana y con los años se convirtió en una persona solitaria a quien poco le importaba la vida; el alcohol era su único compañero.

"¿Has estado tomando, hija?"

"Ay, padre. Han sido sólo unas copitas. Pero usted me dirá, con todo esto que está pasando en el pueblo y la tormenta que se avecina, todos estamos con los nervios de punta"

"Tú lo has dicho, hija. Se avecina una gran tormenta…" dijo el padre con doble sentido.

"Cuídese, padre. No queremos que le pase nada a usted" dijo Carolina quien pensó sería una buena idea acercarse hasta donde se encontraba Lucrecia.

La policía municipal estaba en el lugar. Soto ya se encontraba sobre la tarima improvisada en las afueras de la alcaldía. Después de que el alcalde diera su discurso, el detective iba a responder las preguntas que la comunidad pudiese tener. García quien estaba al lado de Soto le hizo un guiño a Laura quien al igual que el resto de la comunidad esperaba pacientemente por el alcalde.

Ivonne seguía aferrada al brazo de Tomás.

"Deberíamos encontrarnos mañana para almorzar juntos, bebé" le dijo ésta.

Aquel tono de voz y tanta insistencia ya incomodaban a Tomás quien siempre vio a Ivonne como una chica consentida y hasta algo egoísta. Era una mujer muy atractiva al igual que su hermana Olivia, pero de intelecto minúsculo. Nunca hubo química entre ellos, ni siquiera cuando salían durante su época universitaria, pero Ivonne seguía ahí; aferrada a un amor que sólo existía en su cabeza.

"Disculpa pero estoy trabajando en un reportaje con Laura González" se excusó Tomás.

"Necesito hablar una cosa contigo, Daniel" agregó seguidamente de forma esquiva.

En ese instante, Luke Villamayor hizo su aparición sobre la tarima. La multitud desconcertada y curiosa centró la vista sobre él. Todos querían saber qué estaba pasando. Había mucha confusión y desconcierto.

"Comunidad de Vista Marina, en los últimos días hemos tenido una serie de sucesos de los cuales la policía municipal ya se está encargando"

Luke no quería alarmar a la comunidad, pero quería alertarlos para que tomaran precauciones y así evitar mayores desastres.

"Los organismos competentes están tomando las medidas necesarias, en especial frente a la tormenta tropical que…"

"¿Están los crímenes relacionados con Olivia Villamayor?" Luke fue interrumpido repentinamente con la pregunta que salió de la multitud.

"¿Quién hizo esa pregunta?" preguntó Luke tratando de ubicar aquella voz en medio de la audiencia.

"Laura González de *El Espectador*"

"Disculpe, ya se organizará una reunión con los medios…" respondió.

"Creo que todos los ciudadanos de esta comunidad estamos aterrados ante la ola de violencia que se instaló en este pueblo en menos de una semana. ¿Qué relación guarda Rodolfo Ortiz con los crímenes?" volvió a preguntar Laura quien estaba molesta de tanta evasiva.

Fernanda miraba a Laura con admiración. "Una mujer con pantalones" pensó, mientras Andrés se reía con desparpajo.

Luke estaba desconcertado y la gente empezó a murmurar. Soto intervino rápidamente.

"Señorita González, la policía está aún investigando. No podemos dar declaraciones concretas porque sería irresponsable. No hay pruebas aún para indicar que las dos muertes ocurridas aquí en el pueblo guardan alguna relación con Olivia Villamayor"

"¿Qué hay de Juan Miguel Rondón quien estuvo acosando a Olivia Villamayor?, ¿es él el responsable?"

"Como le dije aún se están haciendo las investigaciones pertinentes" respondió Soto ya algo molesto por la impertinencia de la periodista.

"¿Han matado a alguien más?, ¿quién era la persona calcinada encontrada en el galpón?, ¿quién mató a Olivia Villamayor?, ¿hay un asesino en serie en Vista Marina?" eran alguna de las preguntas que la gente empezó a hacer a raíz de la intervención de Laura quien había destapado una olla de presión y la comunidad tenía miedo. Mientras tanto, Soto intentaba calmar a la muchedumbre.

Luke miró a su esposa quien le hizo una seña para que continuara con su discurso; seguidamente éste compartió algunas palabras de aliento y apoyo.

"La situación está bajo control. Hemos incrementado la presencia policial, pero hacemos un llamado a toda la comunidad a no andar en la calle a altas horas de la noche mientras cesa la tormenta y se da con el culpable de los crímenes"

Aquellas palabras no fueron suficientes y la gente seguía intranquila. Algunos continuaban vociferando y preguntando. Querían respuestas y las autoridades no las tenían.

El padre Inocencio observaba desde su lugar todo aquel espectáculo. Se persignó y caminó de vuelta a la casa parroquial.

Rebeca observaba fijamente a Laura González.

"¿Tú conoces a la reportera que está con tu hijo? Le preguntó a Lucrecia quien desde que llegó la miraba con desconfianza.

"No, querida. Pero esa mujercita va a traernos problemas" dijo Lucrecia despectivamente.

La asamblea continuó por una hora más hasta que la lluvia empezó a disipar a las personas quien aún no muy convencidas por el discurso de Soto y del alcalde, empezaron a retirarse a sus casas.

Laura estaba lista para irse; abrazó a Fernanda quien se encontraba sola pues Andrés ya se había retirado y probablemente ya estaba en compañía de su amante. Tomás se ofreció llevarla hasta su casa, pero ella prefirió irse sola; aún no estaba preparada para llevar aquel coqueteo casual a un nivel más serio.

"Te encanta la periodista..." comentó Daniel en tono burlón.

"No te lo voy a negar. Disfruto mucho su compañía" dijo Tomás sonriente.

"¿Y dónde dejaste a Nadine?" preguntó seguidamente.

"Con Justin"

"Me puedes explicar qué relación hay entre la mujercita periodista y tú" interrumpió Lucrecia quien esperó a que Laura se retirara.

"Mamá, por favor" exclamó Tomás quien no tenía ánimos de discutir.

"¡Ay!, Lucre... ¿No ves? Los chicos están enamorados... Amor de jóvenes" intervino Carolina quien apareció solo para atormentar a su hermana.

"No seas ridícula, Carolina"

"Yo me voy, mamá. Nos vemos en la casa" dijo Tomás

Daniel se fue detrás de su hermano, no quería presenciar una pelea de gatas.

Lucrecia se iba a retirar cuando fue sujetada del brazo por su hermana.

"Esta noche, hermanita. Tenemos un pacto y espero lo cumplas" dijo Carolina.

Lucrecia no emitió comentario y se retiró.

Los oficiales de la policía se encontraban monitoreando la zona mientras la gente se devolvía a sus casas. Todo parecía normal. De pronto, Soto reconoció a un personaje que no esperaba ver en la asamblea. El joven se encontraba al otro lado de la calle en frente de la casa parroquial y miraba a Soto mientras se retiraba. Era Jonás Villamayor observando desde la distancia todo aquel alboroto.

"Vaya chico tan extraño" pensó Soto quien aún tenía muchas dudas.

Dos horas después cuando todo había acabado, Soto decidió pasar por la casa parroquial para asegurarse de que el padre Inocencio se encontrara bien.

Tocó la puerta varias veces, pero nadie respondió.

"¿Estará dormido?" pensó Soto

"¿Está bien, padre?" preguntó desde afuera.

En vista que nadie respondió en la casa parroquial, se dirigió a la iglesia. Pensó que el padre podía estar ahí. La puerta estaba abierta, lo cual era normal ya que el padre nunca la cerraba con llave. Sin embargo, las luces estaban encendidas. Soto caminó por el pasillo central hasta el altar.

"¿Padre…?" volvió a preguntar.

Miró a su alrededor y no encontró nada inusual.

En eso, algo captó su atención. Caminó hacia uno de los laterales de la iglesia donde se encontraban los confesionarios; uno de ellos tenía la puerta entre abierta. Por curiosidad, decidió echar un vistazo.

Un hallazgo espantoso tomó por sorpresa al detective.

Adentro del confesionario se encontraba el cuerpo ensangrentado del padre Inocencio con la garganta cortada.

Capítulo 9. El negocio de Rodolfo Ortiz

La sangre aún fresca seguía corriendo por el piso. El padre se encontraba sentado en la silla con el cuerpo recostado contra una de las paredes del confesionario. Soto estaba impactado, pero algo más tenebroso escondía ese asesinato. El asesino había dejado un sórdido mensaje. Un puñado de fotos de niños de la comunidad estaban regadas por el piso. Éstas, asumió Soto, habían sido tomadas durante diversos eventos eclesiásticos tales como bautizos y primeras comuniones, pero había una que llamó su atención. Al tomarla y quitarle un poco la sangre con un pañuelo lo que develó dejó atónito a Soto; la foto era de Jonás Villamayor un par de años atrás cuando hacía su primera comunión.

En pocos minutos, la iglesia estaba llena de oficiales de policías. Afuera se encontraban las miradas curiosas de algunos vecinos de la zona. La policía no informaba lo que pasaba. El padre Inocencio era muy querido en el pueblo. Vista Marina era un lugar altamente religioso y esta noticia causaría conmoción. Soto se persignó mientras el cuerpo del padre era levantado.

"Comunícame con el alcalde de inmediato, García. Su hijo, Jonás, tiene mucho que explicar" dijo Soto quien había visto a Jonás merodeando la iglesia un par de horas atrás.

Los Villamayor ya se encontraban en su residencia. Luke y Rebeca ya estaban en la habitación listos para dormir cuando Luke recibió la llamada de la policía.

"¿Qué pasó ahora?" preguntó Rebeca

"El padre Inocencio fue asesinado" dijo Luke asombrado apenas colgó la llamada.

"¡¿Cómo?!" exclamó Rebeca impactada.

Las desgracias parecían no terminar en el pueblo y otra víctima se sumaba al caso.

Soto llegó a la casa de los Villamayor en menos de cinco minutos.

"Necesito hablar con Jonás" dijo el detective.

Rebeca y Luke no entendían el porqué de aquella solicitud.

"¿Qué relación tiene Jonás con todo esto?" preguntó Luke preocupado mientras Rebeca permanecía en silencio.

Soto no quería alarmar a los Villamayor con el hallazgo de la foto de su hijo en la escena del crimen, pero necesitaba establecer algunas conexiones para entender lo que pasaba.

"Su hijo estaba merodeando la iglesia momentos antes de que el padre fuera asesinado. Necesito hacerle las preguntas de rutina. Quiero saber si vio algo fuera de lo normal"

Rebeca subió por Jonás rápidamente.

"¿Cómo fue?" preguntó Luke.

"Lo mataron en la iglesia. Le cortaron la garganta y lo metieron dentro de uno de los confesionarios"

Luke se llevó las manos a la cabeza. El padre Inocencio era un gran amigo de la casa.

"Esto tiene que tener relación con la nota que recibió el día de ayer" aseguró Luke.

"Algo no andaba bien. Noté al padre muy intranquilo hoy durante la asamblea" dijo el detective mientras Jonás aparecía en compañía de su madre.

"¿Otra vez, detective?" preguntó éste.

Esta vez, Soto sería implacable y Jonás iba a tener que hablar.

Soto comenzó haciéndole preguntas de rutina. Luke y Rebeca permanecían en silencio. Al igual que Soto, ellos estaban ansiosos por tener respuestas.

"Sólo pasaba por ahí, detective. En ningún momento entré a la iglesia"

"¿Cómo saber que el cura estaba muerto?" agregó Jonás.

"¿Veías con regularidad al padre Inocencio?" preguntó Soto quien trataba de averiguar algo más.

La pregunta desconcertó a Jonás quien se notó incómodo y estaba dispuesto a abandonar la habitación.

"Yo no soy religioso, yo no creo en Dios…" respondió Jonás de forma agria.

La forma violenta y resentida en que Jonás respondió abría puertas muy oscuras. Soto no pudo evitar pensar que la muerte del padre capaz no estaba relacionada con los demás crímenes, en cambio, podía tratarse de algo más sórdido e impensable en aquel lugar de costumbres y tradiciones. "Espero que la muerte del padre Inocencio no haya sido por lo que me estoy imaginando" pensó Soto al recordar la foto de los niños esparcidas sobre la escena del crimen.

Igualmente, el detective aprovechó la oportunidad para volver a preguntar sobre la conversación que hubo entre Jonás y su hermana, pero él repetía lo mismo. Su testimonio no había cambiado. Soto no estaba llegando a ningún lado, el interrogatorio no estaba arrojando ninguna información útil. Jonás era un chico muy inteligente y sabía que el detective desconfiaba de él.

"¿Usted en verdad cree que yo estoy relacionado con las muertes que han sucedido?" preguntó Jonás con una sonrisa cínica en el rostro.

"En vez de estar perdiendo el tiempo conmigo, empiecen una investigación contra Rodolfo Ortiz" agregó Jonás.

Luke y Rebeca se miraron desconcertados.

"¿Por qué lo dices?" preguntó el detective quien ya tenía a Ortiz en la mira.

"Mi hermana me comentó que Ortiz la estaba rondando. Arismendi, su mánager, había pactado con Rodolfo Ortiz sin que mi hermana supiera"

"¿Qué tipo de pacto?" preguntó Soto con desconcierto.

"Ortiz financiaría la carrera de mi hermana a cambio de un porcentaje sobre las ganancias que ella hiciera. En otras palabras, Ortiz compró a mi hermana"

Luke y Rebeca no podían creer lo que estaban oyendo.

"Cuando le pedí un préstamo la última vez, ella me dijo que estaba lidiando con un asunto y que al final de mes ella tendría un dinero. Ella andaba en algo raro y asumo que tenía que ver con Rodolfo Ortiz" agregó Jonás.

"Mi hija sería incapaz de involucrarse en negocios turbios" aseveró Rebeca.

"Ese desgraciado" exclamó Luke.

"Yo creo que mi hermana estaba tratando de deshacerse de él y eso fue lo que le costó la vida" dijo Jonás.

"¿Estarías dispuesto a testificar en contra de Ortiz?" preguntó Soto

"No tengo ningún problema" dijo Jonás sin temor.

Había mucho por hacer, pero al menos había luz al final del túnel. El rompecabezas comenzaba a encajar y Soto ya tenía un punto de partida; Jonás había provisto buena información después de todo.

Una vez terminado el interrogatorio Jonás se excusó y subió nuevamente a su habitación. Ya en su cuarto, tomó nuevamente aquel misterioso cuadernillo color negro y continuó leyendo sus páginas. Le faltaba más de la mitad por terminar.

"Tanto buscar y todas las respuestas están aquí" pensó en voz alta.

¿Por qué Jonás guardaba celosamente aquel cuadernillo?, ¿qué secretos escondían sus páginas? Lo único cierto era que Jonás estaba frente a un hallazgo muy importante.

Alrededor de las 11 p.m. la van negra llegó a una casa deshabitada que quedaba a unos 20 minutos del pueblo. Había un carro rojo estacionado y una luz encendida adentro de la casa.

"Recógeme dentro de una hora" dijo Rodolfo Ortiz a su guardaespaldas, mientras se bajaba de la van.

"Sí, patrón"

Rodolfo corrió rápido hacia la entrada para no mojarse.

Al entrar, una persona lo esperaba. Esta atractiva mujer fumaba un cigarrillo para calmar sus nervios.

"Las cosas se están complicando" dijo la mujer apenas Rodolfo entró a la casa.

"Te lo advertí. Te dije mil veces que no te enredaras con muchachitos" dijo Rodolfo molesto.

"Ya lo sé, Rodolfo. ¿Qué vamos a hacer ahora? Todos estos crímenes están levantando más atención sobre la muerte de Olivia"

"Por los momentos hay que encargarse de tu amante, porque si él cae, vamos a caer nosotros"

"¿…y qué piensas hacer con él?"

"Lo mismo que hago con todo aquel que me genera un problema" dijo Rodolfo a quien no le temblaba el pulso a la hora de desaparecer personas.

"Hay un negocio que estoy a punto de cerrar y es mucho dinero. No podemos correr ningún riesgo" agregó.

La mujer apagó el cigarrillo ya algo más calmada y se acercó a Rodolfo.

"Tú siempre solucionas cualquier problema, mi amor" dijo la mujer en un tono de voz sensual lista para besarlo.

De repente, un ruido que venía de afuera los puso en alerta. Rodolfo se asomó por la ventana pensando que era su guardaespaldas, pero no pudo ver a nadie.

"¿Te aseguraste de que nadie te siguiera?" preguntó.

"Sí. No es la primera vez que me escapó de la casa a estas horas" dijo la mujer.

Rodolfo continuó observando a través de la ventana por un par de segundos más.

"Probablemente fue la lluvia" dijo ella.

Rodolfo cerró la cortina y se dispuso a hablar del negocio.

"Tengo una persona que va a pagar un buen dinero por las tres chicas de Mallorca. Espero cerrar la negociación la semana que viene".

Rodolfo Ortiz no sólo manejaba un cartel de drogas en Artigas, sino también un negocio de prostitución. Estas jóvenes, en muchos casos menores de edad, eran secuestradas y vendidas a Rodolfo Ortiz, quien a su vez las ofrecía por un alto precio a un hombre muy poderoso dueño de una red de prostíbulos en el estado. Estas chicas eran forzadas a prostituirse, les cambiaban su apariencia física al igual que su identidad. Era un negocio muy bien montado y manejado donde altos funcionarios de gobierno tenían injerencia. Muchas muchachas eran vendidas a otros países, formando así una red de prostitución muy rentable a nivel internacional.

Rodolfo tenía más de quince años operando en aquella red. Anualmente, decenas de chicas eran secuestradas en Mallorca y sus familias nunca más volvían a saber de ellas. Era una mafia difícil de rastrear y aquellas muchachas que decidían escaparse morían en el intento. Siendo López el gobernador de Artigas, Ortiz podía ejercer aquel negocio con mayor facilidad.

Rodolfo contó con la complicidad de una mujer desde el principio. Esta mujer le consiguió centenares de chicas con el transcurrir de los años al punto de que no sólo se convirtió en una socia del negocio, sino también en su amante. Esa era la mujer con la que se encontraba en aquella casa deshabitada. Era una mujer respetada y adinerada en Vista Marina; todos la conocían. La mujer frente a Rodolfo Ortiz era Lucrecia Montenegro.

Había conocido a Rodolfo Ortiz en Mallorca justo después de que enviudó. Se conocieron en un bar donde Lucrecia trabajaba medio tiempo y empezaron a salir. Rodolfo vio la necesidad de Lucrecia de obtener dinero rápido y empezó a introducirla en ciertos negocios. Poco a poco la sociedad entre ellos se fortaleció y Lucrecia ganaba un porcentaje sobre cada chica que le entregaba a Rodolfo.

Lucrecia empezó a hacer dinero rápido y así pudo saldar las deudas dejadas por la enfermedad de su primer marido. Rodolfo se convirtió en su amante, pero él estaba casado. La negativa de dejar a su esposa hizo que Lucrecia aceptara la propuesta de matrimonio de Marcos Montenegro, un hombre que ella consideraba pusilánime y que sólo le sirvió para guardar las apariencias y asegurar una estabilidad económica. Una vez casada, Lucrecia se mudó a Vista Marina estableciéndose como una gran dama de sociedad. Sin embargo, nunca se desligó por completo del negocio de Ortiz con quien seguía manteniendo un romance casual.

Rodolfo y Lucrecia conversaron por los siguientes 45 minutos hasta que el guardaespaldas llegó para recoger a su patrón.

"Lo dejo en tus manos, querido" dijo Lucrecia mientras acompañaba a Rodolfo hasta la puerta.

"Mañana mismo me encargo de tu amante"

Lucrecia y Rodolfo escondían un secreto muy poderoso que tenía mucho que ver con la muerte de Olivia Villamayor. La serie de asesinatos que estaban ocurriendo preocupaban a estos cómplices que temían que la policía descubriera la verdad detrás del crimen de Olivia.

Afuera la lluvia se hacía más fuerte. Vista Marina tenía casi una semana sin ver el sol. Lucrecia se apuró en llegar a la casa antes que alguien se diera cuenta de su ausencia. Entró sigilosamente a la casa sin hacer ruido. En medio de la oscuridad de la sala, vislumbró una sombra. Lucrecia se paralizó del miedo. La sombra caminó lentamente hacia ella y encendió las luces.

"Todavía sigues en complicidad con Rodolfo Ortiz, hermanita" dijo Carolina Santiago quien había estado espiando a su hermana. Carolina tenía conocimiento de esta complicidad de hace años atrás, de hecho ella conocía muy bien a su hermana incluyendo sus más oscuros secretos.

"¿Me estas espiando ahora?"

Carolina se había servido una copa de brandy y ya estaba algo pasada de tragos como era de costumbre.

"Tú y yo tenemos un trato. Tú me pasas la manutención que yo necesito y yo no hablo acerca de tu relación extramarital con un chico 20 años menor que tú" dijo Carolina amenazante.

"Haz lo que te dé la gana, ya nada me importa. Además, tener un amante no es ningún crimen" respondió Lucrecia desafiante.

"Pero manejar una red de prostitución sí, hermanita" respondió Carolina con una sonrisa cínica en el rostro.

"Además, la policía le encantaría saber que tú tienes algo que ver con la muerte de Olivia Villamayor" agregó.

"¿Qué dices? Yo no tengo nada que ver con la muerte de esa zorra" dijo Lucrecia exaltada, pero cuidando el tono de voz para no despertar a nadie.

"Eso no fue lo que yo escuché hace rato cuando hablabas con Rodolfo. ¿Por qué quieren deshacerse de tu amante?"

"Basta ya, Carolina. Aquí tienes, espero me dejes en paz" dijo Lucrecia mientras le hacía un cheque a su hermana.

Carolina tomó el cheque que la mantendría callada por ese mes, pero Lucrecia ya estaba cansada de la situación. Tenía que hacer algo pronto para parar los chantajes de su hermana.

"Adiós, hermanita. Gracias por tu generosidad" dijo Carolina mientras se retiraba tambaleante producto a su alicoramiento.

En unos pocos minutos llegaría a su casa donde una copa de vino la esperaba puntualmente como todas las noches. Se sentaría en el sofá de la sala, encendería el televisor y copa tras copa terminaría dormida hasta el día siguiente.

Al llegar a su casa, la rutina no sería diferente, pero esta vez decidió que no quería emborracharse sola, tal vez alguien compartiría sus frustraciones y soledad con ella. Desde hace ya algún tiempo, Carolina tenía un amante. Éste estaba casado por lo que los encuentros eran clandestinos y secretos en un apartamento que ella había comprado meses atrás.

El hombre probablemente huía de un matrimonio infeliz y encontró en Carolina otra alma miserable para compartir sus tristezas. Aquella relación era meramente sexo y alguna que otra contribución económica que ella le daba.

Carolina no quería estar sola en aquella noche lluviosa. Ya los años le recordaban el precio de la soledad y lo difícil que era envejecer sin nadie al lado. Moriría en aquel pueblo costero y apartada del mundo sin que nadie se enterara, pensó. El mundo exterior que algún día se rindió a sus pies por su belleza y desparpajo, hoy le cerraba las puertas; sus únicas compañías eran el licor y el cigarrillo que acababa de encender. Seguidamente, tomó su celular y lo llamó.

"Hola. Pensé que este vino sabría mejor si lo compartíamos juntos esta noche"

"Esta noche no puedo, ella aún está despierta. Hará preguntas y no tengo paciencia hoy" respondió refiriéndose a su esposa.

"No sé por qué sigues con esa mujercita insulsa"

"No empieces con lo mismo, Carolina"

"Es verdad, tú mereces algo mejor..." dijo ella mientras daba otro sorbo a la copa.

"Todos nos merecemos algo mejor, pero simplemente somos títeres del destino…" respondió algo depresivo.

"Al menos tú y yo podemos compartir las tristezas… Somos como dos almas gemelas incomprendidas por la vida"

"No seas ridícula, Carolina, te pones insoportable cuando tomas, yo estoy cansado hoy, me iré a dormir. Buenas Noches"

"Disculpa, amor, no quería molestarte con mis estupideces"

"Tus estupideces son tan frecuentes últimamente"

Aquel hombre finalizó la conversación abruptamente; era evidente que no quería verla esa noche y Carolina tendría que finalizar la botella sola en la oscuridad de su sala. Se sirvió otra copa y brindó por sus miserias.

Capítulo 10. El misterioso cuadernillo negro.

Vista Marina amanece nuevamente en medio de la lluvia y la fatalidad. Decenas de feligreses se conglomeraron en las afueras de la iglesia sin importar la lluvia. Algunos lloraban, otros llevaban flores y otros simplemente hacían acto de presencia por mera curiosidad. La noticia sobre la muerte del padre Inocencio corrió como pólvora por el pueblo. La policía tenía trancado el paso hacia la iglesia.

Laura González seguía teniendo trabajo por hacer. Este incidente la seguiría manteniendo ocupada y su retorno a Mallorca aún era indefinido. La noche anterior había mandado un artículo a su editor. "Más muertes oscurecen caso Villamayor" era el titular en la primera página de "El Espectador" esa mañana. La muerte del padre Inocencio sin duda sería otro titular de primer plano.

El artículo hacía una sinopsis de los hechos y asesinatos desde la muerte de Olivia Villamayor hasta el presente. Incluía algunos testimonios de la gente del pueblo así como información confidencial que aún no había salido a la luz pública. Igualmente, se hablaba de posibles sospechosos como la injerencia de Rodolfo Ortiz y sus negocios ilícitos. El artículo, sin duda alguna, caldearía los ánimos de muchos en Vista Marina.

Laura intentó obtener algunas declaraciones de los oficiales que se encontraban en las afueras de la iglesia, pero como era de esperarse, todos tenían la orden de no develar ninguna información. García, su gran amigo, estaba de guardia acompañando a Soto por lo que no podía comunicarse con ella.

Tomás llegó al lugar a los pocos minutos. No se equivocó al pensar que Laura estaría ahí cubriendo la noticia y entrevistando a algunos de los ciudadanos que se encontraban presentes.

"Sabía que estarías aquí" dijo Tomás sonriente.

"Tenemos mucho trabajo por hacer" dijo Laura quien ya daba por hecho una sociedad entre ambos.

"¿Tenemos?" respondió Tomás complacido y con una sonrisa pícara.

"Asumo que estamos trabajando juntos en el caso Villamayor" dijo Laura perspicazmente.

Mientras tanto, las autoridades municipales ya habían solicitado la asistencia de la policía estatal, sin embargo, el puerto continuaba cerrado por la tormenta. La principal vía de comunicación entre Vista Marina y Santa Cruz, el pueblo vecino, era marítima. Existía una carretera vieja que comunicaba a ambos pueblos, pero había sido clausurada hace más de dos años por motivos de seguridad e infraestructura. La vía no estaba apta para ser transitada y menos con las fuertes lluvias que habían. En ese sentido, Vista Marina estaba incomunicada.

Después de recoger algunos testimonios, Laura y Tomás fueron al Café de la avenida principal. El encuentro en la cafetería ya se estaba haciendo costumbre entre esos dos. Se sentaron en la mesa de siempre después de haber ordenado dos cafés y algo para comer. La tranquilidad del momento se vería afectado con la llegada de Ivonne Villamayor quien cínicamente interrumpía nuevamente la velada entre ellos.

"El equipo de trabajo que va a resolver el crimen de mi hermana" dijo irónicamente.

"…me imagino que ustedes dos han recogido más pistas que la misma policía"

"¿Disculpa?" preguntó Laura confundida.

"Les doy un consejito, estén muy alertas y no se metan en terreno peligroso sólo por querer jugar a los investigadores secretos" dijo Ivonne amenazante.

"Disculpa, querida, pero yo no estoy jugando a nada; sólo estoy haciendo mi trabajo" respondió Laura sin rodeos. Repentinamente, algo llamó su atención mientras miraba hacia la plaza.

"¿Ese no es Jonás Villamayor?" preguntó Laura con curiosidad.

"Sí" respondió Tomás extrañado.

"Parece discutir acaloradamente con ese muchacho" dijo ella.

Lo curioso era que el muchacho con quien Jonás discutía era Justin Vargas, el gran amigo de Daniel.

Ivonne vio con preocupación aquel incidente y se retiró rápidamente sin despedirse ni decir nada.

"Ese es Justin" dijo Tomás quien desconocía que había algún tipo de trato entre ellos.

Jonás reclamaba algo de forma molesta mientras sujetaba aquel misterioso cuadernillo negro que había estado guardando con tanto recelo. Justin, por su parte, intentaba calmar los ánimos de Jonás, pero él seguía alterado al mismo tiempo que señalaba algo sobre el cuadernillo.

Laura y Tomás no entendían lo que estaba pasando y se quedaron mirando desde la distancia todo aquel impase que parecía que iba a terminar muy mal. Tomás ya estaba listo para acercarse e intervenir en aquella discusión, pero Jonás había dado por terminado aquel encuentro; dijo algo de forma determinante y se retiró. Justin se veía preocupado.

"Algo no anda bien aquí" dijo Tomás aún con la mirada fijada hacia la plaza, pero Laura tenía centrada su atención sobre aquel cuadernillo negro.

"La razón por la cual discutían está contenida en ese cuadernillo negro" concluyó Laura quien era una mujer muy observadora. Ella pensaba que Jonás era un chico bastante extraño desde que lo vio en el entierro de Olivia, pero aquel chico misterioso podía guardar información trascendental que muchos ignoraban.

"Deberíamos hacerle algunas preguntitas"

"¿A Jonás?"

"Ese chico sabe más de lo que crees; te lo puedo asegurar"

Sorpresivamente, el destino conspiraba a su favor y Laura no esperaba tener esa entrevista tan pronto. Jonás acababa de entrar a la cafetería donde se encontraban ellos; pidió un café y se sentó en una de las mesas del fondo. Al instante, reconoció a Laura González; la periodista que acababa de publicar la noticia sobre las muertes en Vista Marina. Los dos hicieron contacto visual; era como si todo estaba dicho entre ellos sin necesidad de hablar. Fue entonces cuando Jonás decidió acercarse a la mesa donde estaban ellos.

"Leí tu artículo esta mañana en la página web del periódico" dijo Jonás.

Laura y Tomás se quedaron en silencio.

"Tienes mucha información. Debes tener cuidado. Olivia sabía mucho y por eso murió" agregó Jonás.

Aquellas palabras sonaban amenazantes.

Jonás se dio la media vuelta y antes de devolverse a su mesa Laura lo sujetó por el brazo.

"Disculpa. ¿Qué es exactamente lo que sabía Olivia?" inquirió Laura.

"Olivia sabía mucho de mucha gente por acá" dijo Jonás mientras miraba a Tomás quien continuaba sin emitir palabra alguna.

"Disculpa el atrevimiento, pero te vimos hace un rato discutir con un joven…" agregó Laura refiriéndose a Justin.

"Justin sabe lo que tiene que hacer" respondió Jonás.

Aquellas respuestas no tenían sentido. Laura y Tomás estaban confundidos.

"No sabía que tú y Justin se trataban" dijo Tomás.

"Justin tiene mucho que explicar sobre la muerte de Olivia" dijo Jonás.

"¿Por qué dices eso?" preguntó Laura intrigada.

"No lo digo yo. Lo dice Olivia" dijo Jonás sonriente.

Esa respuesta los desorientó aún más; sentían que estaban teniendo una conversación con una persona mentalmente trastocada.

Laura decidió seguirle la corriente y le ofreció una silla pero Jonás decidió mantenerse de pie.

"… ¿y ese cuadernillo negro?" preguntó Laura quien veía como Jonás lo sujetaba con fuerza.

"El diario de Olivia" respondió.

Laura y Tomás se miraron fijamente. Habían dado con una información clave que ni la policía tenía conocimiento. De ser ese el diario de Olivia, muchos secretos debían estar ahí y probablemente el motivo de su muerte.

"¿Hay algo que explique el porqué de su muerte? De ser así, debes ir de inmediato a la policía" dijo Tomás exaltado.

Jonás se rio a carcajadas de ellos. Estaba disfrutando de aquel momento.

"Ustedes son patéticos"

Parecía como si éste hubiera jugado con ellos y nada de lo que había dicho era cierto. Al fin y al cabo, a los ojos de todos él era un chico extraño con una salud mental deteriorada. Sin embargo, Laura estaba muy intrigada; Jonás ocultaba algo y ella lo averiguaría.

"No podemos comentar esto a nadie aún" pidió Laura.

"Aquí hay una noticia importante. Vamos a tratar de acercarnos a Jonás y ver que hay en el diario de Olivia" agregó.

Tomás estaba un poco reacio, pero cedería ante los encantos de Laura.

De vuelta en la comisaría, Soto se encontraba en su despacho en compañía de García.

"Esta periodista va a darnos dolores de cabeza" dijo Soto de muy mal humor quien acababa de leer el artículo de Laura por Internet.

García se mantenía en silencio pues mucha de la información confidencial contenida en el artículo había salido de él.

En eso, Rosita, la secretaria de Soto, interrumpió la conversación.

"Aquí está el reporte, detective"

Soto lo tomó y se sentó en su escritorio.

Después de ojearlo brevemente miró a García.

"El hombre era Mateo Pérez" dijo Soto

El documento era el reporte forense sobre el cuerpo calcinado encontrado en el galpón.

"Otra persona relacionada a Olivia Villamayor que muere, detective" comentó García.

Al igual que en las otras muertes no habían sido encontrados rastros de ADN o indicios que pudieran arrojar luz sobre el caso o la identidad de la persona cometiendo los crímenes.

"Acompáñame, García. Vamos a darle una visita a Rodolfo Ortiz. Algo tendrá que decir sobre la muerte de su guardaespaldas.

Soto y García abandonaron nuevamente la comisaría.

"Si me llama el alcalde dile que estaré de vuelta dentro de dos horas, Rosita" dijo Soto a su secretaria antes de salir.

Ambos se montaron en el carro rumbo a La Pomarrosa.

Rodolfo Ortiz se encontraba en el despacho de su casa. Con cigarro en mano leía por Internet el artículo de Laura González.

"Así que esta valiente reportera me describe como un ampón" pensó en voz alta.

Seguidamente, uno de sus guardaespaldas entró al despacho.

"Patrón, las cosas están revueltas en el pueblo. Mataron al padrecito" dijo el guardaespaldas mientras entraba.

Rodolfo levantó la mirada, pero no emitió palabra alguna. Tomó un sorbo de la copa que tenía al lado de la computadora y se persignó.

"Que Dios lo tenga en su gloria" dijo Rodolfo quien pareció haberse conmovido por la noticia.

"Hay un asesino en el pueblo, patrón. La gente está asustada. Ya van varios muertos contando al padrecito" agregó el guardaespaldas.

Rodolfo se mantuvo en silencio y miró hacia la ventana.

"La muerte vino con la tormenta" dijo Rodolfo al ver aquel paisaje gris y lluvioso.

"Lo buscan, patrón" interrumpió la señora de servicio anunciando la llegada del detective Soto y García.

"¿Qué me lo trae por acá, detective?" se levantó Rodolfo de su asiento mientras les hacía señas a sus empleados para que se retiraran.

"Buenas tardes, Don Rodolfo" saludó Soto con respeto.

"Se trata de su empleado, Mateo Pérez" agregó

"Caramba, ¿apareció ese desgraciado?"

Soto miró extrañado.

"Sí… Apareció muerto"

Rodolfo permaneció callado unos segundos.

"Justicia divina será…" dijo Rodolfo con ironía y una sonrisa cínica en el rostro.

"Ese desgraciado desapareció hace una semana después de haberme robado un dinero. Lo busqué por todas partes y no pude encontrarlo" agregó.

"Pues aparentemente alguien más lo encontró, Sr. Ortiz" respondió Soto.

"¿Qué tengo que hacer yo con todo esto, detective?" preguntó Rodolfo algo desconcertado quien no entendía la razón de la visita de Soto.

Era el momento preciso para la policía de hacer todas las preguntas que rondaban al caso Villamayor.

"¿Por qué Mateo Pérez le robó ese dinero?"

"Porque es un desgraciado y un malagradecido…después de todo lo que hice por él"

"¿Estaba usted al tanto de la relación entre su empleado y Olivia Villamayor?"

"Yo no me meto en la vida privada de mis empleados. No me interesa saber a quién se llevan a la cama" respondió sin tapujos.

"¿Tenía usted algún tipo de contacto con Olivia Villamayor o su mánager Antonio Arismendi?"

"No entiendo el porqué de este interrogatorio, detective" respondió Rodolfo de forma evasiva.

"Sólo corroboramos algunas informaciones, Don Rodolfo"

"No, detective. Jamás conocí en persona a Olivia ni a su mánager"

"Hay personas que aseguran que Antonio Arismendi tenía una sociedad con usted"

Rodolfo se sonrió con algo de cinismo nuevamente.

"Pues dígale a esas personas que muestren las pruebas de que yo tenía sociedad con Olivia o su mánager. Yo soy un hombre muy ocupado para estas pendejadas, detective. Le sugiero que mientras no tenga pruebas contundentes, no me haga perder el tiempo" dijo Rodolfo algo molesto.

"La policía sólo está investigando y corroborando, Don Rodolfo. No hay razón para molestarse. Nadie lo está acusando de nada"

"Precisamente, no hay nada de que acusarme, detective"

Rodolfo dio por terminada aquella incómoda visita y llamó a su guardaespaldas para que escoltara a los detectives hasta la salida.

"Que tenga un buen día, detective. Espero pronto atrape a la persona que nos asesinó al padrecito" dijo Rodolfo quien encendió otro cigarrillo mientras se sentaba nuevamente en su escritorio. Laura González era el próximo problema con el que tenía que lidiar.

Ya eran alrededor de las 8 p.m. y la lluvia no había parado. Fernanda Brito había invitado a Laura a cenar a la casa. Laura dudó por un momento ya que no quería toparse con el odioso de Andrés Brito, pero luego sintió pena por su amiga y aceptó la invitación.

En la cocina, las dos amigas comentaban sobre los últimos acontecimientos mientras Andrés estaba recostado en el sofá frente del televisor como era costumbre. Abría la tercera cerveza. Aquel hombre que alguna vez tuvo una complexión atlética, había dejado de preocuparse por mantenerse en forma hace mucho tiempo.

"…entonces Jonás nos dijo que eso estaba en el diario de su hermana…" Laura comentaba sobre su encuentro con Jonás esa mañana en la cafetería del pueblo.

"¡Qué miedo amiga! A mi Jonás siempre me pareció un chico misterioso. ¿Tú crees que lo que les dijo es verdad o producto de su imaginación?" preguntó Fernanda.

"No sé, amiga. Pero algo me dice que hay algo de verdad en las palabras de Jonás. Mañana trataré de entrevistar al otro muchacho" dijo refiriéndose a Justin.

"Pareces toda una detective, amiga" dijo Fernanda mientras seguía cortando unos vegetales.

"Ahora cuéntame acerca de tu nueva sociedad con Tomás" preguntó Fernanda con picardía cambiando un poco el tema.

Laura sonrió.

"Nada, Fernanda. Es una sociedad meramente profesional, dos periodistas buscando la noticia" respondió haciéndose la tonta, pero ella sabía que Tomás buscaba algo más que una simple sociedad profesional y a ella no le disgustaba.

La cena estuvo lista en una hora. Laura, Fernanda y Andrés se sentaron en la mesa. La sazón de Fernanda era inigualable, su cocina siempre levantaba halagos de todo aquel que tenía la oportunidad de degustar algunos de sus más famosos platos. Definitivamente Andrés se había sacado la lotería al casarse con ella. Con una casa impecable y bien mantenida, Fernanda era la esposa perfecta. Lamentablemente se casó con el hombre equivocado; un hombre que la maltrataba emocionalmente y que además le era infiel. "Pobre Fernanda" pensaba Laura mientras cenaban en silencio.

Terminada la cena, Andrés ofreció nuevamente llevar a Laura hasta su casa. En el fondo, tanta generosidad era una simple excusa de Andrés para salir al encuentro con su amante. Fernanda estaba clara, pero ya poco le importaba. Su matrimonio había acabado hace mucho tiempo atrás.

Alrededor de las 11 p.m. Jonás Villamayor recibió una misteriosa llamada.

"Aló… ¿Quién es?" preguntó intrigado al no reconocer la voz.

"¿A esta hora de la noche?" preguntó nuevamente algo desconcertado.

Jonás se asomó por la ventana y vio que llovía más fuerte.

"Está lloviendo cada vez más fuerte…¿No podemos vernos mañana?"

Ante la negativa de la persona que lo había llamado, Jonás no tuvo otra opción que salir en medio de la noche. Tomó el cuadernillo negro y lo metió en su maletín. Al montarse en uno de los carros de la casa, uno de los guardias de seguridad se le acercó.

"¿Todo bien, Sr Villamayor?" preguntó el vigilante sin querer ser intrusivo.

"Voy un momento al supermercado" mintió Jonás para no levantar sospechas.

Jonás fue al encuentro con esta misteriosa persona quien lo citó con carácter de urgencia. Manejó por unos diez minutos hasta llegar a la dirección que le fue dada.

"Encuéntrame adentro" decía el mensaje de texto que acababa de recibir.

El lugar era un terreno baldío con una casa abandonada. Una luz se encendió apenas Jonás estacionó el carro. Se bajó rápidamente del carro y corrió hacia la casa en medio de la lluvia. Abrió la puerta y al entrar se sorprendió de ver a la persona que lo había citado.

"Dame el diario de Olivia" demandó la persona apenas lo vio.

"El diario se queda conmigo" dijo Jonás, quien no estaba dispuesto a negociar el diario.

Lamentablemente, la persona tenía otros planes.

Capítulo 11. Un secreto se esconde en tierras lejanas.

A seis horas del estado Artigas se encontraba La Asunción, capital del estado Roraima. La Asunción era una ciudad de no más de 120.000 habitantes y conocida principalmente por albergar los viñedos más importantes del país. Esta ciudad tranquila de bajos índices de criminalidad era el destino preferido de muchos jubilados que querían pasar sus últimos días en un lugar de hermosos paisajes y alejado del alboroto de las grandes ciudades.

A veinte minutos del centro de la ciudad se encontraba "El Algodonal", el único hospital psiquiátrico de la región. La institución atravesaba momentos difíciles ya que un proceso judicial por negligencia médica acaba de ser abierto y la gobernación presionaba por respuestas. Muchos alegaban que los pacientes eran maltratados y las condiciones del lugar eran paupérrimas. Al mismo tiempo, la junta directiva de la institución desechaba tales acusaciones alegando que se trataba de una campaña de desprestigio liderada por un grupo de doctores que habían sido despedidos a principios de año. "El Algodonal" seguía operando a su máximo potencial a pesar de los recortes presupuestarios que venía enfrentando de años anteriores.

El lugar albergaba aproximadamente a 300 pacientes y el mes pasado había recibido 14 nuevos ingresos. La mayoría de los pacientes sufrían de algún tipo de discapacidad mental de menor grado. A estos pacientes se les permitía salir al patio trasero varias veces al día bajo la constante supervisión del personal. Por el

129

contrario, aquellos pacientes con un alto grado de deterioro mental eran mantenidos en sus habitaciones. Tal era el caso de una joven muchacha conocida como Luisa Elena. Una noche, esta muchacha logró escapar de la habitación y burlar la seguridad del piso sin ser vista. Subió hasta la azotea, se acercó al borde y miró hacia el infinito. Había llegado la hora de ponerle fin a todo su dolor. La vida había sido tan injusta y cruel con ella que nunca esperó vivir el infierno por el cual pasó hace tres años atrás. Sus ganas de vivir se habían ido y no había nada que la atara más al mundo.

Luisa Elena era una muchacha de aproximadamente 19 años, delgada y de pelo corto teñido de rojo que fue encontrada vagando cerca del puerto de La Asunción. Su ropa estaba desgarrada y tenía moretones por todo el cuerpo. Un hombre la había encontrado inconsciente en un callejón cerca de un bar y seguidamente, la llevó a un hospital cercano donde la dejó sin siquiera identificarse.

Luisa Elena ingresó en un estado grave de desnutrición y deshidratación sumado a un conjunto de lesiones y otros traumatismos menores. Al despertar, los doctores y enfermeras intentaron comunicarse con la joven quien no tenía ningún documento de identificación. Sin embargo, ella estaba en estado de shock y no emitió palabra alguna.

A la semana de no obtener información de la muchacha y sin nadie que la reclamara, el hospital tuvo que dar parte a las autoridades. Todo parecía indicar que aquella joven fue víctima de un secuestro y había sido abusada física, emocional y sexualmente. No obstante, la policía estatal no había tenido ningún reporte o reclamo de desaparición o secuestro recientemente.

Posteriormente, el caso fue transferido a Servicios Sociales y una vez obtenido el reporte psiquiátrico no hubo más opción que internarla en El Algodonal. Luisa Elena no hablaba ni se comunicaba de ninguna manera. Su mirada estaba perdida en un mundo de sombras y dolor. Nadie sabía ni el nombre ni la historia de aquella muchacha, pero de algo estaban claros; era una historia triste y llena de mucha pena.

Pamela Rey era una de las enfermeras de turno encargadas de la muchacha. Esta mujer de unos cincuenta años aproximadamente había perdido a su hija de 15 años en un accidente de tránsito hace cuatro años atrás y al ver a esta joven tan frágil y vulnerable, no pudo evitar recordarse de ella.

Como todas las mañanas, Pamela entraba al cuarto y abría las cortinas para que la luz del sol entrara a la habitación.

"Buenos días, angelito. Hora de desayunar" saludó Pamela dulcemente mientras preparaba la habitación.

"Ya creo que es hora que te demos un nombre... ¿Te gustaría Luisa Elena?" preguntó Pamela quien sabía que no obtendría ninguna respuesta por parte de la muchacha.

Luisa Elena era el nombre de su hija muerta. Pamela había desarrollado un lazo afectivo con la muchacha y la veía como su propia hija. Quería protegerla y ayudarla porque sabía que aquella joven estaba sola en el mundo.

"Te llamaré Luisa Elena como mi angelito que está en el cielo" dijo Pamela con la voz entrecortada.

Seguidamente, acercó la mesa rodante hasta la cama y se dispuso a darle el desayuno. Pamela miraba con tristeza a aquella muchacha sin poderse imaginar por todo el dolor al que fue sometida.

"¿Qué te hicieron esos desgraciados, angelito?" pensó esta dulce enfermera mientras la miraba con ternura.

Así transcurrieron los meses y Luisa Elena continuaba postrada en una cama. Las enfermeras tenían que cambiarla de posición constantemente para evitar la formación de escaras. Su función motora se limitaba sólo a respirar y a masticar los alimentos que se le daban.

Una mañana todo cambió. Pamela se sorprendió al entrar a la habitación de Luisa Elena quien se encontraba de pie mirando a través de la ventana.

"¿Qué haces de pie, angelito?"

Luisa Elena no respondió. Su mirada seguía perdida en el horizonte que se dibujaba frente a sus ojos.

"¿Te sientes bien, quieres algo, quieres salir al patio?" preguntó Pamela quien estaba algo desconcertada.

Luisa Elena se volteó y se dirigió a la cama donde se sentó y miró a Pamela quien estaba atónita; no sabía qué hacer o qué decir.

"Me pegaban repetidas veces. No me dejaban gritar. Tenía que obedecerles" dijo Luisa Elena.

"¿Quién te pegaba, angelito?"

"Los hombres"

"¿Te refieres a los hombres que te secuestraron?" preguntó nuevamente Pamela quien encontró la oportunidad perfecta para saber del pasado de Luisa Elena y poder ayudarla.

Luisa Elena empezó a balbucear una serie de frases que no tenían mucho sentido.

"Mi familia… ya no me acuerdo de ellos…los hombres me pegaban… no sé dónde estoy" Luisa Elena empezó a desvariar y reventó en llanto.

Pamela la abrazó e intentó calmarla. La acostó nuevamente sobre la cama y empezó a tararearle una canción. Al cabo de unos minutos, Luisa Elena volvió a su estado silente, perdida en un mundo de sombras. Sin embargo, aquel episodio alentó a Pamela quien no descansaría hasta averiguar el pasado de quien se había convertido en su protegida.

Con paciencia, Pamela haría que Luisa Elena saliera de ese mundo oscuro en el que se encontraba atrapada. El progreso fue lento. Todas las mañanas la sacaba al patio trasero para que tomara un poco de sol. Ahí, se sentaba con ella y le hablaba. Le contaba diversidad de historias; sobre su juventud, de sus primeros años como enfermera y de su hija muerta, pero aquella chica no estaba respondiendo a la terapia.

La semana siguiente, Pamela decidió mostrarle algunas fotos para ver si así reaccionaba ante algunos paisajes o lugares. Aquella mañana hacía un sol radiante, el clima era cálido y la brisa olía a flor silvestre anunciando que el verano estaba en puertas. Como era de costumbre, las dos estaban en el patio trasero sentadas bajo la grata sombra que hacía uno de los árboles.

"Te traje unas fotos de distintos lugares en los que he estado" dijo Pamela.

"Mira esta. Aquí estaba con mi hija en una de las playas de la costa. Era su cumpleaños número 6" decía Pamela mientras miraba la foto con melancolía.

"Mira esta otra…."

Pamela fue mostrando un conjunto de fotos de distintos lugares hasta que un lugar levantó la atención de Luisa Elena de forma abrupta. Ésta tomó la foto con ambas manos y la miró con terror; estaba reviviendo el dolor y el miedo al que fue expuesta. Pamela había logrado la reacción que tanto esperaba.

"¿Has estado ahí, angelito?" preguntó Pamela ansiosa por obtener respuestas, pero Luisa Elena no respondió.

La foto era en la plaza central de Mallorca, lugar emblemático de la ciudad.

"¿Tu familia está en Mallorca?"

"¿Quieres que llame a alguien….tu papá, tu mamá? ¿Cómo se llaman?"

Luisa Elena permanecía silente. Los recuerdos estaban probablemente fragmentados en su memoria. El shock vivido causó una fractura de su presente y pasado. La pobre chica no tenía un concepto claro de la realidad. Sin saber quién era y de dónde venía, probablemente tampoco recordaba quiénes eran sus padres.

Pamela no se daría por vencida, al menos ya tenía una idea de que la muchacha había estado en Mallorca; ahora sólo quedaba por averiguar si era originaria de ahí.

Transcurrieron semanas y meses y Pamela no conseguía ningún progreso con Luisa Elena. Volvió a mostrarle las fotos y Luisa Elena no respondía. Simultáneamente, Pamela empezó a investigar por Internet sobre algún caso de secuestro o desaparición en Mallorca. Igualmente, buscó en la prensa y foros online alguna información que pudiera relacionar con aquella muchacha. Para su sorpresa, los casos de secuestro en Mallorca estaban a la orden del día. Luisa Elena podía ser cualquiera de las decenas de muchachas que constantemente eran reportadas como secuestradas en el estado Artigas.

Era bien conocida la red de prostitución que operaba a lo largo de todo el estado lo cual dificulta más las cosas ya que si Luisa Elena había caído en una de esas redes sería muy difícil rastrear su identidad y procedencia.

Sin poder trasladarse a Mallorca, Pamela decidió contactar vía telefónica a las autoridades estatales para notificar el caso. La respuesta no fue alentadora. Sin un nombre o una descripción detallada de la muchacha era muy difícil comparar con la base de datos que ellos tenían. Pamela decidió mandar una foto de Luisa Elena y aún esperaba sin muchas esperanzas que las autoridades la contactaran de nuevo. Probablemente existían más de veinte casos en cola sumado a la inerte burocracia y la corrupción creciente que imperaba. Sólo quedaba esperar, no se podía hacer más nada.

Mientras tanto, Luisa Elena seguía atrapada en sus pensamientos recordando aquellos momentos de dolor y sufrimiento que la mantenían en un estado de trance del cual no podía salir. Fue así cuando aquella noche, Luisa Elena salió de su habitación sin ser vista y subió hasta la azotea. Se paró en el borde y miró al infinito. Una lágrima corrió por su rostro. Aquellos hombres la habían obligado a prostituirse por más de tres años. La mantuvieron en aquel lugar asqueroso donde continuamente le suministraban drogas. Era golpeada y abusada diariamente. Aquella muchacha no tenía fuerzas para continuar. Dejó que la fría brisa rozara su rostro y se lanzó al vacío. Finalmente, había puesto fin a su dolor, pero Pamela viviría con el remordimiento de no poder haber hecho más por ella.

Capítulo 12. Lo voy a contar todo.

De vuelta en Vista Marina, ya eran pasadas las doce de la noche. Justin se encontraba en el bar del pueblo; el cantinero le servía otra cerveza.

"Ya con esta van diez, hermano" le dijo Arturo, quien estaba listo para cerrar el bar.

"Si tú supieras en el problema que estoy metido, te estarías tomando todo el licor de este bar…" respondió Justin bastante pasado de tragos.

Afuera continuaba lloviendo y ya no quedaba nadie en el bar. Arturo ya había recogido casi todo y quería irse lo antes posible. Debido a la tormenta los últimos días, el bar se estaba cerrando más temprano que de costumbre.

"Esta es la última cerveza que te sirvo, hermano. Ya debo cerrar" dijo Arturo mientras que Justin seguía perdido en sus pensamientos.

Repentinamente, la puerta de la entrada fue abierta. Una mujer entró rápidamente sacudiendo un paraguas.

"Disculpe, pero ya estoy cerrado" dijo Arturo.

"No se preocupe, no vine a tomar. Vengo buscando a mi marido" replicó ésta.

Arturo pensó que se trataba de Justin.

"No. Mi marido es Andrés Brito"

Fernanda quería asegurarse de la mentira que su marido le decía constantemente. Las salidas al bar no eran más que los encuentros clandestinos con su amante.

"Me dijo que estaría por aquí, pero ya veo que no" dijo Fernanda con ironía.

Arturo se mantuvo en silencio.

"Andrés no ha venido hoy por acá, Sra. Brito" dijo Arturo quien sabía de la reputación Andrés.

"Eso pensé" dijo Fernanda con resignación mientras su miraba se dirigía al muchacho que estaba prácticamente recostado sobre la barra.

"¿Lo conoce?" preguntó el cantinero.

"Es Justin Vargas. No sabía que tenía problemas con la bebida"

"Este chico no viene nunca por acá. Primera vez que lo veo aquí en la cantina"

"¿Te encuentras bien, Justin?" preguntó Fernanda quien se acercaba al chico.

Justin no respondió.

"¿Tendrá esto relación con lo que me contó Laura?" pensó Fernanda quien pensó en llamar a su amiga para contarle. En ese momento, el celular de Justin comenzó a repicar; era Daniel Montenegro quien lo estaba tratando de localizar.

Daniel había pasado todo el día con Nadine y la estaba devolviendo a casa de Justin donde ella se quedaría un par de días más. En vista que Daniel no lo encontró en su casa decidió llamarlo.

"Hola" Fernanda respondió la llamada.

"¿Quién es?" preguntó Daniel extrañado al oír una voz de mujer.

"Hola. Es Fernanda Brito. Tu amigo está muy borracho aquí en la cantina"

Daniel salió de inmediato para recogerlo en compañía de Nadine. Todo aquello era muy extraño. Justin podía tener muchos vicios, pero el alcohol no era uno de ellos. Al llegar, el cantinero los ayudó a montarlo en el carro. Fernanda ya se había retirado.

"Tu amigo anda mal. Anda metido en algún problema" dijo Arturo quien desconocía lo que estaba pasando.

Al llegar a casa de Justin, le quitaron los zapatos, la franela y lo metieron en la cama. Justin estaba durmiendo profundamente; la resaca le pasaría factura al día siguiente. Dada las circunstancias, Daniel se quedó en casa de Justin para acompañar a Nadine.

Nadine preparó dos tazas de café y se sentaron en la sala oyendo la lluvia caer.

"Eres muy buen amigo, sabes" dijo Nadine

"Justin es como mi hermano. Fuimos al colegio y a la universidad juntos y hasta estudiamos la misma carrera. Él se graduó un par de años después; siempre fue un fiestero. Éramos un grupo a todo dar; Olivia, Justin, Ivonne, Mariana y mi hermano" dijo Daniel sonriéndose con melancolía.

"¿Olivia y Mariana fueron las dos chicas asesinadas?"

"Sí" afirmó Daniel con tristeza.

"Me hubiese gustado tener un grupo de amigos así" dijo Nadine tratando de cambiar el tema.

"¿Nunca tuviste una mejor amiga en el colegio?" preguntó Daniel con ingenuidad.

Había llegado la hora de que Nadine contara su historia.

"Yo no he sido sincera contigo"

"¿Por qué lo dices?"

"Tú ni siquiera sabes de dónde vengo"

"Sé quién eres ahora y eso es lo importante"

"Yo crecí en las calles. Mis verdaderos padres me regalaron al nacer. Crecí con unos desgraciados que abusaban de mí y por eso decidí irme cuando cumplí los 15 años"

Daniel se quedó en silencio.

"La vida en la calle es dura. Empecé a usar drogas y cuando me vine a dar cuenta había caído en una red de prostitución en Mallorca"

Aquella muchacha había corrido con la suerte de muchas chicas que anualmente eran raptadas en Mallorca

"¿Cómo saliste de ello?"

"Muchas no salen. Tienes que tener mucha fuerza y hacerte respetar"

Nadine había caído en la red por voluntad propia. En aquellos momentos necesitaba el dinero de forma desesperada para comprar drogas. Un hombre se le acercó y la llevó con la persona que operaba la cadena de burdeles en el estado. Desde entonces, empezó a trabajar como prostituta.

"Se ven cosas muy duras. Esta es una red muy poderosa"

"¿Cómo es que las autoridades no han desmantelado ese negocio?" volvió a preguntar Daniel.

Nadine se rio de forma irónica.

"Hay mucho dinero detrás del negocio, además se dice que hay gente del gobierno también metida"

"Muchas de las chicas son obligadas a prostituirse. Son raptadas a muy temprana edad y sus familias no vuelven a saber de ellas. Les cambian su apariencia física y hasta la identidad. Algunas son sacadas fuera del país y las que intentan escaparse las matan…"

Daniel seguía oyendo horrorizado aquella historia y desconocía que detrás de toda aquella inmoralidad y miseria humana, su madre, en complicidad con Rodolfo Ortiz, estaba involucrada.

"Hace un par de años atrás llegó una chica que probablemente tenía 15 años. La pobre lloraba día y noche. La drogaban diariamente y la forzaban a tener relaciones con varios clientes al día. La mantenían encerrada en uno de los cuartos del burdel y solo la sacaban para bañarla…"

"…un día vi como un viejo desgraciado la violaba salvajemente y la golpeaba mientras ella estaba amarrada a la cama. No se movía, su mirada estaba perdida. Después de él vinieron otros más; entraban y salían de aquel cuarto uno detrás del otro"

"…me tocó darle un baño esa noche, la pobre sangraba mucho. Aquel día seguro perdió su virginidad…"

"…con el tiempo, la chica se volvió una marioneta y parecía un muerto viviente. Se había entregado a su inevitable destino"

"Esa chica era diferente y me conmovió mucho. Era probablemente la menor de todas nosotras. Me hubiera gustado hacer más por ella, pero al final tuvo una mejor suerte. Un hombre, que asumo era el guardaespaldas de uno de los jefes, la ayudó a escapar y yo fui la única que se dio cuenta en el momento"

"¿Cómo se llamaba?"

"Valentina"

"¿Qué pasó con ella?, ¿Llamó a la policía?" volvió a preguntar Daniel ingenuamente.

"Nunca más supe de ella. Ojalá esté aún con vida"

Aquel hombre que se había apiadado de aquella pequeña y la ayudó a escapar había sido Mateo Pérez quien le dio algo de dinero y la montó en uno de los *ferries* con destino a La Asunción.

Al llegar, la muchacha estaba completamente desorientada. Caminó sin rumbo por aquellas calles oscuras donde por mala suerte volvió a ser víctima de un hombre borracho quien la abusó sexualmente y le robó el dinero que tenía. Posteriormente sería llevada a un hospital y al cabo de unas semanas fue recluida en el hospital psiquiátrico "El Algodonal".

Daniel estaba conmovido por aquella historia y lejos de avergonzarse o reprocharle algo a Nadine, la veía con admiración pues le tocó madurar y enfrentarse a la vida desde muy temprana edad.

"Entiendo si después de esta conversación no quieres saber más de mí" dijo Nadine.

"Al contario, esto me reafirma la percepción que tenía de ti" dijo Daniel con una sonrisa en el rostro.

Los dos continuaron conversando hasta altas horas de la madrugada. Justin despertaría y tendría mucho que explicar.

A la mañana siguiente, el norte de Vista Marina había amanecido en medio de una tragedia; las incesantes lluvias torrenciales originaron un deslave. La muerte volvía a ser la protagonista.

El Morichal fue el sector más afectado. Los vecinos cuentan que alrededor de las 5 a.m. sintieron un leve temblor seguido de un sonido que se asemejaba al de un tractor en movimiento. Segundos después, una gran masa de agua, lodo, piedras y escombros caía desde la montaña arrasando con todo a su paso.

"Era como una gran ola color marrón" dijo uno de los sobrevivientes.

Por más de 7 días, las montañas habían recibido gran cantidad de agua proveniente de las precipitaciones continuas. Éstas originaron la transformación de pequeños riachuelos en ríos inmensos que bajaron de las montañas. Los suelos estaban saturados y el desprendimiento de la capa vegetal fue inevitable. Era como si la montaña se caía a pedazos, arrastrando sedimentos y flujos de lodo. Las consecuencias fueron catastróficas y mortales.

Los cuerpos de emergencia estaban asistiendo a las familias de los caseríos aledaños quien en su mayoría eran de escasos recursos. El número de muertos era desconocido para los momentos y caseríos enteros quedaron sepultados.

"¡Las aguas se llevaron a mi hijo!" gritaba histérica una mujer en medio de un llanto inconsolable. Su nombre era Catalina Páez, una madre soltera que su casa había sido arrasada por aquella avalancha.

"Era como el sonido de una ola que revienta contra las rocas. Todo temblaba, pensaba que era un terremoto. Mi esposa y yo salimos de la casa y fue cuando vimos una gran ola marrón que se venía contra nosotros" contaba un hombre aún impactado.

"Parecía el fin del mundo. Todo temblaba. Una gran roca sepultó la casa de mi vecina. Pobre mujer, no lo vio venir" decía otro.

El lugar continuaba inundado por las aguas turbias llenas de escombros que se mezclaban con los cadáveres que en algunos casos estaban desmembrados. Algunos continuaban sobre los techos de sus casas esperando ser salvados. Había mucha tristeza y confusión.

Vista Marina estaba al borde de un colapso y la lluvia no paraba. Pero las desgracias y los problemas para Luke Villamayor apenas comenzaban aquel día. Una llamada alrededor de las 2 p.m. consternaría a la familia Villamayor nuevamente.

El cuerpo de Jonás Villamayor había sido encontrado sin vida dentro de su carro que estaba estacionado dentro de un matorral a unos pocos minutos del pueblo. El detective Soto estaba en la escena del crimen. Todo parecía indicar que Jonás había sido ahorcado con una cuerda. Las marcas en su cuello lucían recientes.

"Otra desgracia más para los Villamayor" pensó Soto mientras encendía un cigarrillo.

"Mire esto, jefe" interrumpió uno de los oficiales quien estaba checando el maletín de Jonás que estaba en el asiento del copiloto.

"¿Dónde está Valentina?" leyó en voz alta.

Otra pieza se sumaba al caso.

Alrededor de las 3 p.m., Justin finalmente se levantó con una fuerte migraña. La resaca le estaba pasando factura. Se llevó las manos a la cabeza y miró alrededor desconcertado; finalmente recordó todo.

"¿Cómo llegué a la casa?" se preguntó

Se levantó para ir al baño y encontró una nota sobre la mesa de noche dejada por Daniel.

"Tremenda borrachera la de anoche, bro. Llámame apenas te despiertes"

Justin asumió que fue Daniel quien lo trajo hasta la casa.

Salió del baño y fue hasta la cocina para prepararse un café. Miró por la ventana y encendió el televisor.

El noticiero informaba que la tormenta Irene se había convertido en huracán de categoría uno con vientos de aproximadamente 130 km/h. y se esperaba que éstos aumentaran. Las autoridades del estado Artigas hicieron otro llamado de alerta, especialmente a los pueblos costeros que serían los más afectados; tal era el caso de Vista Marina que ya sufría los efectos catastróficos.

Justin estaba viviendo su propia tormenta, el encuentro con Jonás lo había desestabilizado. Estaba preocupado y un secreto saldría a la luz dentro de poco. De repente, un ruido que venía desde la sala lo puso en alerta.

"¿Quién anda ahí?" preguntó.

"¿Eres tú, Daniel?"

Justin caminó hacia la sala. No había nadie.

Se devolvió a la cocina donde un fuerte golpe en la cabeza lo tumbó inconsciente al piso.

Al cabo de unos minutos despertó un poco aturdido. Se encontró amarrado a una silla y en frente de él había una persona que vestía pantalones y un suéter con capucha de color negro. Esta persona de identidad desconocida tenía el rostro cubierto con una malla negra.

"¿Qué quieres?" preguntó Justin desconcertado

La persona se acercó a él y le susurró algo al oído.

"No sé de qué me hablas" dijo Justin alterado.

La persona volvió a susurrarle algo.

"¿Cómo sabes eso?... Olivia iba a arruinar mis planes" dijo Justin en medio de lágrimas.

Pero aquel personaje buscaba alguna información.

"No sé nada de ninguna Valentina, lo juro. Olivia nunca me contó"

"Yo no tengo nada que ver con eso hermano" repetía desesperado.

Era evidente que aquella persona buscaba a Valentina, pero, ¿cómo se relacionaba aquello con Olivia y las demás muertes?

"Ya te dije que no sé, por favor déjame ir hermano" suplicaba.

El asesino abandonó por unos minutos la habitación. Justin rápidamente intentó aflojarse los nudos alrededor de sus muñecas. La fricción comenzaba a romperle la piel, pero él no se daría por vencido. Estaba desesperado y saldría de ahí como diera lugar. Esta persona que ya tenía varios muertos en su haber volvió a entrar a la habitación con un martillo en la mano. Justin desesperado al saber la suerte que lo esperaba se lanzó con todas sus fuerzas, aún amarrado a la silla, sobre el asesino. Al caer al suelo, la silla se rompió y Justin pudo escapar.

En la comisaria se encontraba Luke en compañía de su esposa e hija llorando la muerte de su otro hijo. El guardia de seguridad de la residencia Villamayor terminaba de dar su declaración.

"El joven me dijo que iría al supermercado a buscar algo. Honestamente, pensé que se iba a encontrar con alguna chica. No quise ser intrusivo" dijo sintiéndose algo culpable.

Lucrecia y Marcos Montenegro no tardaron en llegar para expresar su solidaridad en aquellos momentos. La noticia de otro asesinato corría por el pueblo. "Otro hijo del alcalde muerto". Habían muchas preguntas y pocas respuestas, pero la llegada de un personaje aclararía muchas dudas.

"Detective, hay alguien quiere hablar con usted y dice que es urgente" interrumpió García entrando al despacho de Soto quien aún se encontraba en compañía de los Villamayor y los Montenegro.

"Ahorita no puedo, García"

"Lo que tengo que decir será de interés para todos" interrumpió Laura González quien entró sin ser anunciada. Seguidamente, entró Tomás que la estaba acompañando.

"¿Qué significa esto, Tomás?" preguntó Lucrecia que se alteró al ver a su hijo en compañía de la reportera nuevamente.

Ivonne miró a Laura de forma amenazante. Aquella mujer le resultaba insoportable y el acercamiento con Tomás la mataba de celos.

"Tú otra vez causando problemas, mujercita" dijo Ivonne, mirándola directo a los ojos.

"Al contrario, lo que vengo a decir podría solucionar muchos problemas" ella no se dejaría amedrentar por nada ni nadie.

Rebeca y Luke permanecieron en silencio.

"Déjenla hablar, por favor" pidió Tomás.

"¿Encontraron el diario de Olivia?" preguntó Laura con perspicacia.

"¿Qué diario?" preguntó Soto.

"Jonás tenía el diario de su hermana y algún secreto poderoso se guarda ahí, como por ejemplo, la razón de su muerte"

Tomas y Laura contaron sobre su encuentro con Jonás el día anterior, los comentarios que hizo y la forma tan celosa con la que resguardaba el diario. Todo aquello levantaba más dudas sobre el caso, pero lo cierto era que el diario ya estaba en posesión del asesino. ¿Acaso las demás victimas sabían el contenido del diario? se preguntó Soto; probablemente Mariana Villegas y por eso murió.

Un alboroto que venía de afuera llamó la atención de todos los reunidos en el despacho.

"Necesito hablar con el detective urgentemente" gritaba una voz desde afuera.

"¿Y ahora qué?" preguntó Soto molesto mientras salía de su despacho.

Afuera se encontraba Justin en estado de histeria.

"¡Me quieren matar!" dijo en medio de lágrimas

"¿Quién te quiere matar, muchacho?"

Laura y Tomás se asomaron para ver lo que pasaba.

"Yo no quería, lo juro…" repetía Justin sin sentido.

"Jonás le reprochaba algo ayer, habían discutido muy fuerte" intervino Laura.

Ivonne también salió de la oficina de Soto y realizó contacto visual con Justin sin decir ni una palabra. Éste seguía en un trance emocional, pero su confesión dejó a todos en silencio.

"Yo no quería… lo juro… yo no quería matar a Olivia"

Soto había encontrado al asesino de Olivia Villamayor; estaba parado frente a él.

Capítulo 13. La confesión.

Un misterio se resolvía. Justin Vargas había confesado el crimen de Olivia Villamayor. Pero, ¿quién estaba detrás de las demás muertes?, ¿cómo se relacionaban con Olivia?, ¿sabe Justin la identidad del asesino? Todas estas interrogantes debían ser respondidas y el detective Soto tenía frente a él una situación delicada.

"Yo la maté, yo la maté…" gritaba Justin en medio de un llanto incontrolado frente a la mirada atónita de los presentes.

"¿¡Qué estás diciendo, desgraciado!?" exclamó Luke quien oyó aquella confesión y estaba listo para abalanzarse sobre Justin.

Soto y García lo sujetaron rápidamente para evitar una confrontación mayor.

"¡Cálmese, alcalde!"

"¿Por qué lo hiciste?" inquirió Rebeca en medio de lágrimas. Lucrecia la sujetó.

Laura tenía la primicia del caso.

"Tranquilo, compadre. Este chico tiene mucho que explicar. Dejemos a los comisarios hacer su trabajo" dijo Marcos Montenegro tratando de calmar a Luke quien había perdido toda perspectiva y no entendía de razones. Matar con sus propias manos al asesino de su hija era lo único que pasaba por su mente.

"¡Maldito!" gritaba con desaforo.

Ivonne recibió una llamada telefónica y se retiró por unos minutos de la escena, el descubrimiento del asesino de su hermana no parecía haberle causado ningún impacto. Por su parte, Lucrecia volvió a entrar a la oficina de Soto de forma discreta, también recibió una llamada y parecía que no estaba interesada en que nadie oyera su conversación.

Simultáneamente, García con otro guardia de turno arrestaron a Justin, quien sería llevado a la sala de interrogatorio y obtener su declaración.

"No puede entrar, alcalde" dijo Soto impidiéndole el paso a Luke.

Luke se había olvidado de todo protocolo y sólo quería respuestas. Lamentablemente, había un procedimiento que seguir y se llevaría su tiempo.

Ya eran alrededor de las 6 pm, la rabia, el desconcierto y la tristeza se apoderaban de todos en aquella habitación. Luke y Rebeca esperaban en la oficina de Soto, un oficial de turno les llevó café. Ivonne quien había retornado después de aquella misteriosa llamada se encontraba en la sala de espera muy concentrada intercambiando mensajes de texto con su celular. Parecía que algo le preocupaba. Se veía muy nerviosa e intranquila, al punto de que poco le importaba la presencia de Laura junto a su gran amor Tomás.

"Voy por un café, ¿quieres uno?" preguntó Marcos Montenegro a su esposa quien también estaba muy concentrada en su celular.

"No" respondió Lucrecia.

De repente, la llegada de alguien a la comisaría llamó la atención de Marcos.

"¿Qué hace tu hermana acá?" preguntó extrañado apenas vio entrar a Carolina Santiago por la puerta principal. Lucrecia alzó la mirada y la aproximó. La tomó por un brazo y la llevó a una esquina apartada donde comenzaron a discutir seriamente sobre algún asunto. Marcos las miraba extrañado mientras salía de la comisaría por su café.

Adentro de la sala de interrogatorio, Soto en compañía de García comenzaba con las preguntas esperadas en aquel tipo de situaciones.

Justin continuaba muy alterado.

"Yo declararé, pero tienen que garantizar mi seguridad. Hay alguien que me quiere matar" exclamaba el muchacho en llanto.

Soto intentó calmarlo para entender lo que estaba sucediendo.

"¿Quién quiere matarte?"

"Un hombre que anda tras la búsqueda de una tal Valentina"

Soto y García se miraron con sorpresa y recordaron la nota dejada por el asesino en el maletín de Jonás. *"¿Dónde está Valentina?"*

El caso comenzaba a tomar forma.

"Tienes alguna idea de quién podría ser Valentina"

"No sé nada, lo juro" repetía Justin.

"Hay un hombre que busca a Valentina. Olivia aparentemente sabía algo pero yo no sé de qué se trataba. Este hombre piensa que yo tengo algo que ver y me quiere matar"

Soto no entendía.

"Vamos por parte, muchacho. ¿Por qué mataste a Olivia?" preguntó Soto quien quería entender qué secreto guardaba Olivia que desató aquella ola de crímenes.

"Yo confesaré, pero necesito hablar primero con Lucrecia Montenegro"

Soto y García se miraron extrañados.

"¿Qué tienes que hablar con la Sra. Montenegro?" preguntó Soto

"Debo hablar con ella un asunto personal, hasta entonces no confesaré nada"

"Las cosas no funcionan así, muchacho"

"Es mi última palabra, mientras tanto no confesaré" dijo reacio.

Ante la negativa de Justin, Soto no tuvo más opción que ceder ante sus requerimientos.

"Llama a la Sra. Montenegro, García"

Lucrecia fue traída por García a los pocos minutos.

"¿De qué se trata todo esto, detective?" preguntó Lucrecia quien no entendía lo que pasaba.

"El joven pidió hablar con usted"

"Yo no tengo nada que hablar con ese muchacho" dijo Lucrecia algo nerviosa.

"Veamos qué quiere con usted" dijo Soto mientras entraba en compañía de García y Lucrecia a la sala de interrogatorios.

"Necesito hablar con ella en privado" pidió Justin.

Soto y García se miraron por unos segundos y aceptaron. De todas formas, ellos podían oír la conversación desde la habitación contigua. Los dos oficiales salieron de la sala mientras Lucrecia miraba a Justin con rabia y nerviosismo.

"Me tienes que ayudar"

"Tú solito te metiste en esto" dijo Lucrecia quien sospechaba que los comisarios podían estar oyendo aquella conversación.

"Si yo caigo todos caen"

"No sé de qué estás hablando" dijo Lucrecia nerviosa.

"¿Vas a pretender que no sabes nada?...¡Yo maté a Olivia por ti!"

"¿Qué estás diciendo, muchachito imberbe?" dijo Lucrecia exaltada.

"Ella iba a contarlo todo" dijo Justin desesperado.

Soto y García oían con asombro aquella conversación que develaría grandes secretos.

Lucrecia intentaba callar a Justin por medio de señas pues sabía que los policías estaban oyendo la conversación.

"Cállate desgraciado, no sé de qué hablas" continuaba Lucrecia fingiendo.

"Ahora vas a negar que somos amantes" reprochó Justin

Justin y Lucrecia tenían una relación amorosa desde hace más de 3 años. Lucrecia a pesar de su edad era una mujer atractiva. Justin siempre frecuentaba su casa ya que era el mejor amigo de su hijo Daniel. Con el tiempo aquel muchacho de personalidad extrovertida comenzó un coqueteo con la mamá de su amigo que terminó en la cama. Desde entonces se entendían a escondidas. Justin revivió en Lucrecia pasiones que hace mucho tiempo ella no experimentaba. La hizo sentir mujer otra vez. Él era un joven atractivo, de cuerpo atlético y entre todas escogió a Lucrecia; al menos eso era lo que ella creía. En el fondo, sólo le interesaba su dinero. Era una relación más bien económica que sentimental y Olivia estaba a punto de arruinar sus planes.

Justin y Olivia eran novios cuando ella empezó en el mundo del modelaje y la actuación. De la noche a la mañana Justin terminó la relación y ella no tomó este rompimiento de la mejor manera. Las dudas sobre la existencia de otra mujer no tardaron en llegar y ella lo averiguaría. Para su sorpresa, aquella investigación que emprendió arrojó resultados sorprendentes. Su novio se entendía con otra mujer y ésta era nada más y nada menos que la mamá de uno de sus amigos.

Olivia no podía entender cómo Justin pudo haberla dejado por una mujer que le doblaba la edad. Numerosas veces Olivia lo confrontó y amenazó con contarle todo a Daniel y Tomás. Justin debía hacer algo pronto pues Olivia estaba loca de celos y no le importaba nada. Fue entonces cuando decidió proponerle un negocio para calmarla y mantenerla callada.

"Mi relación con Lucrecia es sólo por su dinero. Tú y yo podemos sacarle una buena cantidad y fugarnos juntos" le dijo a Olivia quien en aquel momento estaba pasando por una situación monetaria difícil.

Luke no estaba de acuerdo con la decisión de Olivia de irse a Mallorca a perseguir su carrera como actriz. Olivia, rebelde al fin, se marchó sin importarle nada. Sin embargo, aquella rebeldía le costaría mucho dinero ya que su padre no financiaría sus sueños. Olivia empezó a ganar algo de dinero a través de algunos comerciales y participaciones en programas televisivos que Antonio Arismendi le había conseguido. No obstante, ella estaba acostumbrada a una vida de lujos y vio aquella oportunidad como algo rentable.

En un principio, ambos aceptaron en seguir adelante con el plan. Olivia, con más aceptación de la situación, continuó viéndose con Justin a escondidas mientras él eventualmente se acostaba con Lucrecia Montenegro. Ésta depositaba semanalmente una cantidad bastante generosa en la cuenta de Justin quien a su vez tenía que compartir con Olivia para que se quedara callada. Pero la historia se complicó y dio un giro que nadie esperaba.

Antonio Arismendi le debía muchísimo dinero a Rodolfo Ortiz y Olivia se convirtió en un garante de pago. Al pactar con este poderoso y temible personaje, prácticamente adquirió a Olivia como si fuera de su propiedad. Ella estaba desesperada ante la situación y no sabía cómo deshacerse de él. Rodolfo no sólo le controlaría la carrera artística sino que además quería convertirla en su amante. Fue entonces, cuando conoce a Mateo Pérez de quien se enamoró y la ayudaría a tratar de deshacerse de este vil hombre. Ingenuamente, Olivia pensó que podía chantajear al capo de Artigas.

Mateo tenía mucha información que, de ser usada de forma inteligente, podía hundir a Don Ortiz.

Olivia es puesta al tanto sobre la red de prostitución de la cual Rodolfo y Lucrecia eran participes, también sobre un posible testigo que podía declarar en contra de ellos; Valentina. Es entonces cuando Olivia contactó a Justin y le contó sus descubrimientos. En ese momento, ella no quería ser más parte del plan con Justin, aquellos descubrimientos valían mucho más dinero que lo que le estaba dando. Por temor a que Olivia estropeara su fuente de ingreso, Justin intentó persuadirla. Esa noche él sólo quería darle un escarmiento, pero las cosas se salieron de las manos y Olivia terminó muerta. Sin embargo, había alguien más interesado en conversar con Olivia y no llegó a tiempo.

"Olivia quería contarlo todo acerca de nosotros. Yo sólo quería darle un escarmiento, pero las cosas se me fueron de las manos" dijo Justin.

"Yo no tengo nada que ver con todo esto... Detective sáqueme de aquí" gritó Lucrecia quien ya no quería oír más a Justin.

"Ayúdame a salir de aquí. Tú sabes que hay más de este asunto y que Olivia sabía otras cosas" dijo Justin amenazante refiriéndose al negocio de la prostitución en el que Lucrecia y Rodolfo tenían injerencia.

"No tienen forma de probarlo" murmuró Lucrecia quien no caería en el chantaje.

Soto entró a la habitación.

"Sra. Montenegro, necesitamos hacerle unas preguntas" dijo Soto.

"Yo no tengo más nada que decir. Este joven miente"

"Sra. Montenegro. Trataré de manejar el asunto con discreción pero necesito que coopere" dijo Soto quien sabía que el Sr Montenegro y sus hijos estaban afuera.

García llevó a Lucrecia a la habitación contigua mientras Soto terminaba con Justin.

"Entonces mataste a Olivia porque ella contaría tu relación con Lucrecia y por supuesto tú no permitirías que eso afectara tus ingresos" dijo Soto cínicamente quien sabía que había mucho más detrás de aquella historia.

"Ya le dije, detective, sólo quería escarmentarla… yo amo a Lucrecia"

Soto se rio de forma cínica, pero la muerte de Olivia había desatado una ola de crímenes y eso era lo que más le importaba en esos momentos.

"¿Qué sabía Olivia de Valentina?" preguntó Soto nuevamente.

"No lo sé con exactitud, detective" repitió Justin.

"Olivia parecía saber muy bien quién era Valentina y por eso murió" concluyó Soto.

"Rodolfo Ortiz y su cartel de mafiosos deben estar detrás de todo esto" aseguró Justin ya más calmado.

"¿Por qué lo dices?"

"Mateo le debe haber contado a Olivia los secretos más sucios de Rodolfo Ortiz y ella usaría esa información en su contra para quitárselo de encima. ¡Qué ingenua!"

"Rodolfo está metido hasta el cuello en el negocio de la prostitución de menores y Olivia sacaría todo eso a la luz pública. No me extrañaría que Rodolfo se esté deshaciendo de todo aquel que pudiera haber sabido lo que Olivia iba a destapar" dijo Justin quien omitió la injerencia de Lucrecia en tales negocios ya que aún tenía la esperanza de contar con el apoyo de ésta. Era una carta que mantendría bajo la manga.

"Entonces Valentina era una de las chicas que había caído en la red de prostitución y que Mateo Pérez ayudó a escapar…" concluía Soto.

"…ahora Rodolfo Ortiz anda tras la búsqueda de Valentina asesinando a todos los que pudieran tener algún tipo de información…" Soto repasaba el caso en presencia de Justin.

"No sé, detective. Esta persona que intentó matarme cree que Olivia me contó algo sobre Valentina y yo no sé absolutamente nada"

"¿Reconociste la voz?"

"No, detective. Sólo me susurró al oído. Pero estoy casi seguro que se trataba de un hombre"

"Háblame sobre el diario de Olivia, muchacho"

"Aparentemente Olivia había escrito sobre todo esto en su diario. Yo no tenía conocimiento. Jonás le había robado el diario a su hermana y después de su muerte empezó a leerlo. Ahí encontró información de mi relación con Lucrecia. Por eso me aproximó para hacerme preguntas y confrontarme. Él estaba investigando por su cuenta. Me imagino que en el fondo sospechaba de mí"

"Alguna idea de cómo llegó ese diario a manos de Jonás"

"No lo sé, detective. Jonás sólo me dijo que su hermana estaba actuando un poco misteriosa las últimas semanas. Asumo que robó el diario para averiguar en qué andaba ella"

"¿Logró ver el contenido del diario?"

"No. Jonás nunca me lo mostró"

Ahora, el asesino de Jonás tenía en posesión aquel tan buscado diario y con él todas las respuestas.

En la otra sala, García hacía preguntas de rutina a Lucrecia quien al final admitió haber tenido una relación extramarital con Justin, pero que desconocía de su crimen. No había nada incriminatorio en su contra por los momentos, sin embargo, su infidelidad saldría a la luz. Afuera, su hijo y su esposo iban a encontrarse con una vergonzosa revelación.

Luke salió de la oficina de Soto.

"¿Cuánto más se van a tardar con ese desgraciado?" exclamó Luke ansioso.

"Alcalde, estas cosas llevan tiempo" dijo uno de los oficiales tratando de calmarlo. Rebeca permanecía callada y taciturna.

"¿...y Lucrecia?" preguntó a Marcos quien acababa de llegar con el café.

"Está hablando con uno de los oficiales" interrumpió Tomás quien no entendía por qué su madre estaba declarando.

Carolina Santiago continuaba en una de las esquinas de la habitación intercambiando mensajes de texto con alguna persona. Seguidamente, Ivonne se le acercó y le comentó algo de forma discreta. Al cabo de unos minutos de conversación, aquellas dos mujeres salieron de la comisaría repentinamente.

Ya eran entradas las 8 p.m. cuando Soto salió de la sala de interrogatorios. En la comisaria sólo quedaban Luke, Rebeca, Marcos y Lucrecia. Soto los invitó a pasar a su despacho. Había llegado el momento de las revelaciones. Mientras tanto, Justin permanecería en la comisaría para luego ser trasladado a la capital donde se iniciaría su proceso penal.

Laura ya se encontraba en su casa. Acababa de mandar a su editor el artículo con la primicia del asesino de Olivia Villamayor. Tomás la había dejado alrededor de las 7 p.m. y desde entonces se sentó a escribir. Una vez que apretó el botón de "enviar" se paró del computador y fue a la cocina a servirse una copa de vino. "¡Vaya día!" pensó. Miró por la ventana y se contentó al saber que estaba muy bien resguardada en su casa. La lluvia empeoraba y los vientos se hacían cada vez más fuertes. El día anterior había ido al supermercado y compró las municiones necesarias en caso que las condiciones climáticas se tornaran más hostiles. Encendió el televisor, los noticieros bombardeaban noticias sobre el huracán Irene y las desgracias que ya estaban ocurriendo a raíz de la tormenta.

"Dios nos proteja" pensó.

Minutos después, el sonido de un carro que se paraba en frente de su casa llamó su atención. Se asomó por la ventana y vio una van negra estacionarse. Rápidamente, un hombre se bajó del carro y tocó a su puerta. Laura se asomó por el ojo mágico y no reconoció la cara.

"¿Qué desea?" preguntó sin abrir.

"¿Sra. Laura González?"

"Sí. Soy yo"

"Tengo información confidencial sobre la muerte de Olivia Villamayor que pensé que le podría interesar" dijo el hombre.

Laura quedó pensativa y algo dudosa decidió abrir la puerta.

Al abrir, dos hombres altos y fornidos la tomaron por ambos brazos y la caminaron hasta la van.

"Sin escándalos, acompáñenos" dijeron éstos.

Laura estaba asustada. Prefirió seguir las instrucciones para evitar problemas.

Adentro de la van se encontraba Rodolfo Ortiz.

"Buenas noches Srta. González. ¡Qué gusto conocerla finalmente!" exclamó Rodolfo cínicamente.

Laura sabía que aquello no pintaba bien y sin duda estaba relacionado con el último artículo que escribió donde se refería de Rodolfo como un vulgar ampón.

"Así que usted me conoce tan bien que tiene la sutileza de llamarme criminal, Srta. González" dijo Rodolfo mientras sus esbirros manejaban sin rumbo fijo.

Laura se mantenía en silencio, pero regia. Aquel hombre no iba a amedrentarla.

"Es usted muy bonita y le pronostico una carrera brillante. Sería una pena que usted se entorpeciera ese futuro" dijo Rodolfo amenazante.

"¿Piensa matarme?" preguntó Laura sin rodeos.

"¿Pero cómo se le ocurre, Srta. González?... A usted ni con el pétalo de una rosa"

"Sólo le sugiero que baje su dosis de veneno en sus artículos, especialmente si se trata de mí…" agregó.

De pronto, un carro atravesado en el medio de la vía hizo que uno de los guardaespaldas frenara abruptamente.

"Disculpe, patrón" se disculpó el guardaespaldas apenado, mientras se bajaba en compañía del otro guardaespaldas para ver que pasaba. Rodolfo y Laura aguardaron adentro del carro.

Los dos hombres examinaron el vehículo que aparentemente estaba abandonado. Miraron alrededor y no vieron nada fuera de lo normal. Sorpresivamente, una sombra salió del matorral y les disparó con puntería perfecta en la cabeza de forma desprevenida. Ambos murieron al instante.

Laura gritó aterrada y Rodolfo estaba listo para salir corriendo, pero estaban atrapados; habían caído en las garras del asesino quien los estaba apuntando con el arma. No había escapatoria.

Capítulo 14. Desaparecidos.

Decepción y tristeza reinaban en las familias Villamayor y Montenegro. La infidelidad de Lucrecia tomó por sorpresa a sus hijos quienes nunca esperaron que su madre fuera capaz de algo así. Lucrecia siempre infundió respeto y hasta admiración al presentarse como una dama intachable y de buenos principios. Nadie en Vista Marina sabía de su doble vida. Ella no sólo mantenía una relación extramarital con un chico de la edad de sus hijos sino que además tenía una sociedad con uno de los capos de Artigas, Rodolfo Ortiz.

Rebeca y Luke Villamayor tampoco vieron con buenos ojos el desliz de Lucrecia y hasta surgieron dudas sobre su injerencia en la muerte de Olivia. Aquella amistad de tantos años se había fracturado.

"¿Cómo pudiste? Tú eras mi amiga… y con el asesino de mi hija" fueron las últimas palabras de Rebeca antes de retirarse de la oficina de Soto asqueada de oír todo aquello.

Luke sintió pena por su compadre quien silente abandonó la comisaría. Marcos Montenegro era un hombre intachable y bondadoso que siempre amó a Lucrecia a pesar de que ella era dura y distante con él. Era evidente que ella no lo amaba, pero él fue su boleto a una vida de lujos y estabilidad económica.

Lucrecia abandonó la comisaría sola y silente. Necesitaba tiempo para pensar y digerir todo aquello. Al mismo tiempo sentía rabia por sus estupideces y errores, pero ya no había nada que hacer. Secó sus ojos llorosos;

asumió su situación y volvió en sí para solucionar otro problema que la tenía pensativa.

Aquel problema se llamaba "Nadine Robles".

Debido a que Justin estaba retenido en la comisaría, Daniel había acomodado a su novia en la posada del pueblo. Ésta acababa de salir de la ducha cuando alguien tocó la puerta de su habitación. Al abrirla se sorprendió de la visita; era Lucrecia Montenegro quien tenía muchas preguntas.

"Ahora mismo me vas a decir que te traes con mi hijo, mujercita" dijo apenas entró.

"¿Disculpe…?"

"Ya sé quién eres, ¡zorra!, así que empieza a agarrar tus cosas y desaparécete del pueblo"

"¿De qué está hablando, señora?"

"Justin me contó que eres una prostituta. ¿Qué quieres de mi hijo?, ¿dinero?"

"Aquí tienes… suficiente para que te largues" dijo de forma despectiva mientras lanzaba unos cuantos billetes al piso.

"Respete, señora, yo no sé qué le habrá dicho Justin de mí, pero yo cambié mi vida. No soy ninguna prostituta"

"Por favor, las mujercitas como tú nunca cambian…"

"En verdad poco me importa lo que usted piense, señora, pero me iré sólo si Daniel me lo pide" sentenció Nadine quien no se dejó amedrentar.

"No me retes, mujercita, mira que puedo hacerte mucho daño"

"¿Me está amenazando?"

"Yo no amenazo, yo cumplo lo que digo"

Nadine recogió el dinero que estaba tirado en el suelo y se lo lanzó de vuelta a Lucrecia.

"Lárguese de aquí, señora"

"Tienes mucho valor, mujerzuela. Me imagino que eso lo habrás aprendido en la calle como la callejera que eres"

Nadine no aguantó un insulto más y abofeteó de forma inesperada a la madre de su novio.

"Acabas de firmar tu sentencia de muerte" dijo Lucrecia atónita quien no esperó semejante atrevimiento de alguien a quien ella consideraba inferior.

Sólo Dios sabe qué pasó después entre aquellas dos fieras quien a puerta cerrada pelearían hasta la muerte.

Horas después de aquel incidente, Lucrecia llegaba a la casa algo desacomodada y limpiándose las manos insistentemente con un pañuelo. Daniel ignoraba que su madre había visitado a Nadine y que ésta podía estar muerta. Los reproches no tardaron en ocurrir. Marcos jamás había levantado la voz, pero en esa noche de traición y mentiras perdió la compostura que siempre mantuvo.

Los gritos alarmaron a Daniel y Tomás quienes ya estaban en la casa durmiendo. Rápidamente, bajaron a la sala donde descubrieron la terrible verdad. Una lágrima corrió por la mejilla de Lucrecia. Aquella mujer regia que nunca mostraba sus sentimientos estaba parada frente a su familia avergonzada por sus acciones; mucho era lo que tenía que explicar.

Daniel sentía asco y vergüenza, pero al mismo tiempo mucha rabia hacia su gran amigo Justin. Tomás trataba de calmar a su padre quien estaba hecho pedazos.

"¿Cómo pudiste hacerme esto?... yo lo único que hecho en esta vida es amarte" reprochaba aquel esposo traicionado en medio de lágrimas.

Lucrecia no tenía nada que decir, ni siquiera se molestó en justificarse. Aquella mujer oía silente los reproches de su familia. El adulterio siempre fue parte de su vida; las relaciones extramaritales siempre existieron durante su matrimonio con Marcos.

Lucrecia se sirvió una copa y en medio de una disculpa poco sincera se retiró al estudio. Estaba claro que no dormiría en la misma habitación que su esposo; el hombre a quien ella traicionó con el mayor descaro. Aquella noche ella había perdido a su marido, a sus amigos y probablemente a sus hijos. Ya nada le importaba.

Tomás y Daniel se quedaron acompañando a su padre en el salón. Marcos se sentía usado. En el fondo, él pensó ingenuamente que había algo de amor en su matrimonio. "¡Qué estúpido fui!"

La lluvia caía a cántaros. Aquella mañana en Vista Marina había comenzado con tragedia y desolación. Las familias afectadas por el deslave lloraban sus pérdidas materiales y humanas. Un asesino despiadado amenazaba la vida de la comunidad y por si fuera poco la tormenta tropical que los acechaba se había convertido en huracán y pronto tocaría las costas.

Muchos dirían que una maldición se había posado sobre aquel pueblo tranquilo de costumbres y tradiciones. El día estaba por terminar, pero el amanecer no sería diferente y la policía no tardaría nuevamente en oír del despiadado asesino.

Eran las 8 a.m., Fernanda Brito se encontraba en la cocina preparando café. Su esposo no había pasado la noche en la casa. Había llegado alrededor de las 6 a.m. y aquella situación ya se estaba haciendo costumbre. Un par de días atrás, ella había descubierto una nota en uno de los pantalones de Andrés que decía: "Te espero a la misma hora. Siempre tuya". No había dudas al respecto; Andrés le estaba siendo infiel.

"Sírveme una taza de café, mujer" dijo Andrés apenas entró a la cocina mientras se alistaba para ir a la librería.

"¿Dónde estabas anoche?"

"Me quedé en la librería. Estaba acomodando unos materiales que me habían llegado la semana pasada"

"En la librería…" repitió Fernanda increyente.

"¿Qué es, mujer? ¿Te vas a poner con esas a estas alturas?"

Fernanda ya estaba cansada de ser humillada y maltratada por su infiel esposo. Aquella mañana decidió que no iba a pretender y fingir más. Ya el amor se había acabado, si es que alguna vez lo hubo. Había llegado la hora de enfrentar a su marido.

"Descubrí la nota en tu pantalón"

"¿Qué nota? ¿De qué hablas?"

"La nota que tu amante te dejó"

Andrés la miró desconcertado y algo nervioso.

"¿Qué amante? ¿De qué hablas, mujer?"

Fernanda se metió la mano en el bolsillo del delantal y sacó un pedazo de papel ya todo arrugado.

"Esta nota"

Andrés había sido descubierto. Era muy poco lo que podía decir a su favor porque sabía que estaba perdido. Su esposa lo había agarrado en la mentira y cual típico infiel descarado, lo negó todo y culpó al compadre diciendo que era una broma que le habían jugado.

Fernanda lo miró con rabia y asco. Aquel hombre seguía burlándose de ella en su cara y no mostraba el más mínimo respeto. Se sentía estúpida pues se había entregado en cuerpo y alma a aquel hombre hasta convertirse prácticamente en su sirvienta.

"Ocupa tu día en algo útil, mujer, en vez de estar perdiendo el tiempo en estas pendejadas" dijo Andrés para terminar con aquella incómoda conversación y salir nuevamente de la casa.

Fernanda no aceptaría más aquellos maltratos. Una vez cesara la tormenta, ella empacaría sus cosas y dejaría Vista Marina para siempre; la decisión estaba tomada. Por los momentos, se mantendría tranquila pensando sobre sus planes futuros.

Terminó de limpiar la cocina y decidió llamar a Laura. Intentó varias veces pero la llamada no cayó. Fernanda desconocía que su amiga había caído en las garras de la persona que había desatado una ola de sangre y violencia en el pueblo, pero no había sido la única pues aquella mañana comenzaba con muchas sorpresas.

Daniel pasó por la posada para desayunar con Nadine. Al llegar, tocó varias veces la puerta y nadie respondió. Se dirigió a la recepción a ver si alguien la había visto, pero la recepcionista algo antipática respondió que no sabía pues acaba de llegar. La llamó varias veces a su celular, pero todo fue en vano; no había forma de ubicarla. Daniel se preocupó. ¿Pudo Lucrecia cometer una locura?

Tomás corrió con la misma suerte de su hermano. Éste se encontraba en el Café donde los encuentros con Laura ya eran costumbre. Estaba sentado en una de las mesas pues sabía que ella aparecería como todas las mañanas, pero ese día fue diferente.

"Esto es raro" pensó Tomás.

Esperó casi una hora y Laura no aparecía ni respondía su celular. Ya algo ansioso, decidió acercarse hasta su casa, pero de salida se topó con un personaje que no tenía ganas de ver; Ivonne Villamayor.

"¿Por qué tan apurado, cariño?" preguntó Ivonne en un tono venenoso.

"Ando apurado, Ivonne, tengo cosas que hacer"

"¿y eso que no estás en compañía de tu nueva amiguita?"

"Estoy tratando de localizarla"

"¿Te dejó plantado?" preguntó Ivonne con ironía.

"Adiós, Ivonne" se despidió Tomás quien no andaba de ánimos para soportar impertinencias.

Ivonne se sentó en una mesa después de ordenar un café. Tenía una sonrisa de satisfacción en el rostro poco común de una persona que recién acababa de perder a dos miembros importantes de su familia. Su celular sonó. Era el aviso de un mensaje de texto que le acaba de llegar. Lo leyó cuidadosamente y al terminar centró su mirada hacia la iglesia que estaba del lado opuesto de la plaza. Se perdió por unos minutos en sus pensamientos. Algo pasaba por su mente y parecía importante, al punto de que se retiró sin haber probado el café.

El constante caer de una gota de agua sobre su mejilla despertó a Laura quien yacía aún sobre el piso atada de pies y manos. Abrió los ojos, estaba algo desconcertada, no recordaba qué había pasado. Tenía un fuerte dolor de cabeza y el olor a éter aún estaba impregnado en sus cavidades nasales. Fue cuando recordó que había caído víctima del asesino.

Exploró el lugar con su mirada. Parecía una especie de galpón o fábrica abandonada. La lluvia golpeaba fuertemente el techo de zinc. En una esquina amarrado a una silla y aún inconsciente estaba Rodolfo Ortiz quien estaba amordazado y con una herida sangrante en la frente.

"¿Se encuentra bien, Sr Ortiz?" preguntó Laura en voz baja por temor a ser oída por el asesino.

Rodolfo no respondió; seguía desmayado.

Laura estaba asustada y no entendía por qué estaba involucrada en el asunto. Ella era una simple reportera cubriendo la noticia.

Intentó ponerse en pie pero cayó nuevamente al no poder caminar. Se arrastró hacia la pared donde se recostó para pensar su próxima movida. En eso, vio a otra chica al otro lado de la habitación que estaba también desmayada y maniatada.

"¿Quién es esa muchacha?" se preguntó.

"¿Quién eres?" volvió a exclamar Laura, pero la muchacha tampoco respondió. Aquella muchacha inconsciente se trataba de Nadine Robles cuya desaparición se debía a que también había caído en las garras del temible asesino. Rodolfo, Laura y Nadine estaban atrapados y no tardarían en saber el perverso plan que el asesino había orquestado para ellos.

Capítulo 15. Un padre desesperado.

En La Asunción, Pamela Rey recibió una sorpresiva llamada telefónica; era de la policía de Mallorca confirmando la identidad de aquella muchacha a quien ella había bautizado con el nombre de Luisa Elena. La chica cuyo pasado era un misterio para todos en El Algodonal se llamaba Valentina Alfonzo y había sido reportada desaparecida por su padre hace más de 4 años cuando no regresó a la casa después del colegio.

Alfredo Alfonzo puso la denuncia 48 horas después como lo establece la ley. Se pensaba que la joven de 15 años de edad se había quedado en casa de algún amigo o se había escapado con algún novio secreto. Después de interrogar a los más allegados, se concluyó que se trataba de un caso de secuestro, pero la policía no descartaba otras hipótesis.

El detective Luzardo, encargado del caso en aquel entonces, habló crudamente con el Sr. Alfonzo. Los casos de secuestro de menores habían aumentado considerablemente en Mallorca en los últimos años y era sabido que la mayoría se debía a una red de prostitución de menores que operaba a nivel internacional. El detective explicó la batalla que se tenía contra esos criminales, sin embargo cada vez se hacía más difícil, pues se trataba de un negocio muy bien montado.

Alfredo era un plomero de clase media de aproximadamente 35 años de edad. Estaba casado con Teresa Alfonzo, su novia de toda la vida. Teresa y Alfredo habían tenido a Valentina cuando ambos eran unos jóvenes de apenas 20 años. Estos novatos padres supieron criar a su hija en un hogar de buenas costumbres y mucho amor. Teresa era una mujer dulce y entregada a su esposo e hija. Alfredo, por su parte, era un hombre trabajador que siempre veló para que a estas dos mujeres nunca les faltara nada.

Un año antes de la desaparición de Valentina, Teresa fue diagnosticada con cáncer de seno. La familia se había sumido en una búsqueda constante día y noche. Alfredo no descansaba. En numerosas ocasiones, se reunió con policías, detectives privados y hasta funcionarios de gobierno, pero fue muy poco lo que pudo hacerse y a los dos años, ya se habían perdido todas las esperanzas. Valentina, ya con otra identidad y apariencia, probablemente había sido sacada del país, concluía la policía. Alfredo y Teresa no se resignaban, pero dos años después el destino volvería a jugar una mala pasada; el cáncer se llevó a Teresa antes que pudiera encontrar a su hija. La angustia, la desesperación y la tristeza, sin duda alguna, aceleraron su enfermedad. Alfredo había perdido a las dos mujeres más importantes en su vida.

Este hombre desolado no quería vivir más y se entregó a un mundo de sombras del cual no pudo salir. Empezó a tomar, renunció a su empleo y dejó de frecuentar a sus más allegados. Sus amigos estaban preocupados. Pasaron días, semanas y meses y nadie en Mallorca volvió a saber de él; Alfredo había desaparecido por completo.

Un año después, alguien que se encontraba vacacionando en Vista Marina aseguró haberlo visto. Según los comentarios, lucía diferente; un poco más mayor, algo subido de peso y con algo de barba en el rostro. Sin embargo, la información no pudo ser corroborada.

Pamela conversó por unos minutos con el detective Moreno quien la noticia sobre la aparición de Valentina Alfonzo lo llenaba de mucha satisfacción. Sin embargo, Pamela no daría buenas nuevas.

"La muchacha se suicidó la semana pasada, detective" explicó ésta todavía conmovida.

De todas formas había que notificar a sus padres.

Moreno tenía en el expediente los números de teléfono de la familia Alfonzo. Sin embargo, el detective desconocía de la desaparición de Alfredo. Desde que el caso fue engavetado con el resto de los casos no resueltos, la policía no había tenido contacto alguno con él. Mucho trabajo tenía por delante Moreno antes de cerrar el caso.

Simultáneamente más preguntas aparecían: ¿Pudiera estar relacionada la supuesta presencia de Alfredo Alfonzo en Vista Marina con la ola de crímenes que recientemente acechaba al pueblo? Al fin y al cabo, Alfredo Alfonzo era un padre desesperado y trastornado a raíz de la desaparición de su hija Valentina, pero ¿pudo el dolor y la desesperación convertir a Alfredo en un despiadado asesino?, ¿qué tenían que ver los habitantes de Vista Marina con la trágica historia de Valentina Alfonzo?, ¿sabía Olivia Villamayor el paradero de Valentina y por eso fue asesinada?, ¿acaso las demás muertes estaban relacionadas con Valentina Alfonzo y no con Olivia Villamayor como pensaba la policía? Cada vez se agregaban más y más elementos a la historia.

Alrededor de las 2 p.m., Tomás, en compañía de Daniel, manejaba alrededor de Vista Marina en búsqueda de Nadine.

Litros de agua corrían por las calles principales del centro que comenzaba a inundarse. Los drenajes empezaban a bloquearse con los escombros y ramas que arrastraban las aguas. La lluvia no cesaba y los fuertes vientos habían tumbado algunos postes y árboles pequeños. Algunas calles no podían ser transitadas y el paso hacia el norte había sido trancado a raíz del deslave. En el puerto, algunas embarcaciones habían chocado contra el muelle producto del fuerte oleaje. Otras inundaciones habían sido reportadas en algunos pueblos del este, pero lo peor aún no había comenzado.

"No aparece por ningún lado, bro" expresó Daniel con preocupación mientras su hermano maniobraba la camioneta esquivando algunos escombros en la vía.

"¿Preguntaste en la posada?"

"Sí, bro. Nadie la ha visto. Estoy preocupado, ella no conoce nada por aquí y Vista Marina no es precisamente el lugar más seguro estos días"

"Tranquilo, Daniel. Si no sabemos nada en las próximas horas nos ponemos en contacto con Soto" dijo Tomás quien también estaba preocupado por Laura.

La tormenta tropical Irene se había convertido en huracán de categoría 1, pero en los últimos días los vientos continuaron aumentando. El último boletín emitido por las autoridades alertaba a los pueblos costeros, donde se esperaba que en horas de la noche Irene entrara con vientos de más de 200 km/h; un huracán de categoría 4. Vista Marina sería devastada.

Mientras tanto, Carolina Santiago intentaba comunicarse desesperadamente con su hermana Lucrecia. Intentó numerosas veces llamarla por su celular, pero ésta no atendía. Algo no andaba bien. Carolina nunca había estado tan nerviosa y asustada en su vida. Ella era una mujer despreocupada y de carácter fuerte, casi nada lograba alterarla, pero aquella tarde algo le había sucedido.

El día que Justin se entregó, Carolina y Lucrecia andaban muy misteriosas. Parecía como si Carolina estaba relacionada con el crimen que Justin había cometido; estaba desesperada y tenía que huir. Lamentablemente, no había salida de Vista Marina.

Atrapada por sus miedos, Carolina manejaba de forma nerviosa a casa de su hermana a quien intentó, en vano, llamar nuevamente.

"¿Dónde están todos en esa casa?" pensó Carolina quien no entendía porque ni la señora de servicio contestaba el teléfono.

Seguidamente, miró por el espejo retrovisor del carro, quería asegurarse que nadie la estuviera siguiendo. Las manos le temblaban y la respiración se le aceleraba. La lluvia caía con furia; encendió el limpia parabrisas. La visión se hacía más borrosa. En medio de su ansiedad cada vez más creciente, buscó en su bolso que estaba en el asiento del copiloto una petaca que contenía un poco de vodka. El no poder encontrarla la ponía más ansiosa.

Sin poder concentrarse en la vía y próxima a llegar a la casa de Lucrecia, repentinamente perdió control sobre el carro cuando éste se deslizó sobre el pavimento mojado y fue a parar contra un poste de luz.

Carolina se golpeó fuertemente la cabeza. La parte delantera del carro había quedado destrozada y gran cantidad de humo salía por debajo del capó. Al reaccionar, se llevó la mano hasta la frente. Estaba sangrando. Logró salir del carro un poco mareada y mirando a todos lados comenzó a caminar rápidamente debajo de la lluvia como si estuviese huyendo de alguien. Con la respiración acelerada y algo sofocada llegó a casa de su hermana. Tocó el timbre y la puerta varias veces, pero nadie respondió.

"¡Estamos en peligro, Lucrecia!" Carolina gritaba de forma desaforada.

Caminó alrededor de la casa gritando los nombres de su hermana y sobrinos, pero nadie estaba. Se dio la vuelta y trató de entrar por la parte trasera de la casa. La puerta que conectaba al jardín estaba abierta. Carolina entró y volvió a anunciar su llegada de forma desesperada.

Subió por las escaleras a la planta alta y se dirigió al cuarto de Lucrecia y Marcos. Al entrar notó que el lugar estaba hecho un desastre. Algo había pasado en esa casa. Había gavetas tiradas por el piso, ropa, libros y el espejo de la peinadora donde Lucrecia se sentaba todas las noches a cepillar su sedosa cabellera estaba roto. "Una pelea grave ocurrió aquí". ¿Dónde estaba Lucrecia? ¿Acaso Marcos había cometido una locura producto de la rabia y los celos? Carolina pensó lo peor.

El sonido estruendoso de un trueno anunciaba que el huracán Irene ya estaba en camino. La lluvia se hacía más intensa y la brisa olía a muerte. Rápidamente, Carolina tomó el teléfono que se encontraba en el cuarto para llamar a la policía. Las manos le temblaban. Estaba lista para contar lo que sabía, pero había alguien más que no se lo iba a permitir.

El asesino apareció por detrás sorpresivamente y le arrebató el teléfono de las manos.

"¿Por qué?" preguntó Carolina en medio de lágrimas.

"Déjame ir, por favor. No diré nada" suplicaba desesperada.

El asesino estaba frente de ella y ésta parecía conocer su identidad. Carolina empezó a dar pequeños pasos hacia atrás y ya lista para correr fue sujetada de un brazo; no había escapatoria.

Comenzaron a forcejear. Carolina lo agarró por los brazos mientras éste trataba de ahorcarla. Ella lucharía por su vida hasta el último momento.

"No te saldrás con la tuya" logró balbucear Carolina, cada vez más asfixiada. El asesino la pegó contra el barandal de las escaleras. Ella no tenía movilidad; aquella persona tenía más fuerza. Soltó uno de los brazos del asesino y con su mano trató de hacer presión sobre la cara de éste, pero todo fue en vano. El atacante la tenía inmovilizada. Carolina sentía que podía caer de un momento a otro.

Con su rodilla intentó golpearlo en el estómago, pero falló en el primer intento. La segunda vez tuvo más suerte, lo que le permitió zafarse por unos segundos. El asesino rápidamente la tomó por el cabello y la lanzó con todas sus fuerzas nuevamente contra el barandal que se partió al recibir el impacto.

Carolina cayó al vacío desde unos cuatro metros de altura. Su cuerpo impactó sobre una mesa de cristal que estaba en la planta baja frente a la entrada principal. La mesa se rompió en mil pedazos. Los cristales quedaron esparcidos por el piso y el cuerpo de Carolina sobre un charco de sangre.

El asesino bajó las escaleras lentamente y se acercó hasta ella. La agarró por el mentón y sacudió su cabeza para asegurarse que estuviera muerta. Seguidamente, desapareció.

Otra víctima se había sumado al prontuario del asesino. Carolina había descubierto algo y probablemente era la identidad del asesino. Pero, ¿por qué alertar a Lucrecia primero en vez de llamar a la policía?, ¿estaban estas dos hermanas relacionadas con el asesino?, ¿qué relación guardaba Carolina con los Alfonzo?, ¿dónde estaba Lucrecia? Esta muerte sembraría más dudas en Soto quien cada día que pasaba sentía que tenía menos respuestas.

Capítulo 16. Los fuertes vientos de la muerte.

Alrededor de las 6 p.m. aún no había noticias de Nadine. Tomás decidió hacer una parada en casa de Laura ya que no había podido comunicarse con ella en todo el día; ésta tampoco daba señales de vida. Tomás sentía que algo no andaba bien. Después de tocar el timbre varias veces e insistir con el celular, su hermano y él se devolvieron a la casa. La lluvia empeoraba y el huracán probablemente tocaría la costa en horas de la noche.

"No podemos dejar a Nadine así" exclamó Daniel con preocupación.

Tomás pensaba que Nadine simplemente se había aburrido de Daniel y por eso desapareció sin decir nada. No era mucho lo que se sabía de ella y a los ojos de todos ella era una chica extraña.

"En este momento no se puede hacer más nada, hermano" concluyó Tomás.

"Devolvámonos a la casa y ahí vemos qué hacemos" agregó sin saber que un macabro hallazgo los esperaría.

En la comisaría, Soto intentaba comunicarse con Luke Villamayor quien tampoco aparecía, no había señales de Rebeca y nadie atendía el teléfono en la residencia Villamayor. "Buen momento para que el alcalde se desaparezca" pensó Soto irónicamente segundos antes de recibir una llamada que cambiaría el rumbo de la investigación.

"Tiene una llamada del comisario Moreno de la policía de Mallorca, jefe" dijo García al entrar al despacho.

Un poco extrañado, Soto atendió la llamada sin saber que la misma brindaría luz al caso.

El detective Moreno andaba tras la búsqueda de Alfredo Alfonzo para notificarle del hallazgo de su hija Valentina. Vista Marina había sido el último lugar donde había sido visto. Siendo un pueblo pequeño, Moreno pensó que sería más fácil si notificaba a la policía para que lo ayudara en la búsqueda.

Después que Moreno puso al tanto a Soto del caso Alfonzo, todo encajó perfectamente. Sin embargo, Moreno desconocía que había mucho más detrás de la historia de Valentina.

"Valentina tiene que ser la chica que escapó de la red y probablemente la misma que el asesino busca desesperadamente" Soto volvía a recordar la nota encontrada en la escena del crimen de Jonás Villamayor.

"Si Alfredo Alfonzo está en el pueblo, él es el que anda tras la búsqueda de su hija y probablemente nuestro potencial asesino" concluyó Soto quien creía tener todas las piezas del rompecabezas. Sin embargo, las dudas lo abordaron al instante. ¿Era realmente Alfredo Alfonzo el responsable de todas las muertes en Vista Marina? ¿De ser así, por qué no sólo ensañarse con Rodolfo Ortiz quien era el único responsable de la desgracia de la familia Alfonzo?

Soto conocía a la mayor parte de la población en Vista Marina y el nombre de Alfredo Alfonzo no le era familiar. Si ese hombre estaba en el pueblo, probablemente se había cambiado la identidad.

"¿Tendrá una foto de Alfredo Alfonzo, detective Moreno?"

"Sí, se la acabo de mandar por fax"

García entró a la oficina nuevamente con la foto que acaba de ser enviada. Soto la tomó entre sus manos y la observó fijamente. El rostro no le era conocido. La foto mostraba la imagen de un hombre entre 30 y 40 años, de contextura delgada, algo de barba y abundante cabellera. Era un rostro común, pero al menos ya se tenía un punto de partida más claro. Había un rostro y una posible identidad.

Soto mantendría al tanto a Moreno de cualquier hallazgo. Por los momentos la policía de Vista Marina tendría que hacer su propia investigación, pero las sorpresas aún no terminaban; otra llamada causaría estragos.

"Tiene otra llamada, detective"

"¿… y ahora qué pasó?" preguntó Soto con voz cansada mientras colgaba la llamada.

"No son buenas noticias" respondió García mientras la llamada era transferida.

Era Tomás Montenegro quien acababa de encontrar el cuerpo sin vida de su tía Carolina.

"¡Otra víctima más, carajo!" la frustración y la rabia lo invadían.

Tomás y Daniel estaban sentados afuera de la casa cuando llegó la policía. Los jóvenes estaban impactados por el hallazgo del cadáver de su tía. Lucrecia y Marcos no podían ser contactados. Todo era muy extraño.

Tomás no pudo contener más el llanto y reventó en lágrimas mientras su hermano lo abrazaba.

Soto sentía pena por los muchachos, pero igual tuvo que hacerles las preguntas de rutina. Mientras tanto la unidad forense hacía lo propio en esos casos. La sangre aún fresca y caliente corría por el piso mezclándose con centenares de astillas de cristal esparcidas por todo el lugar.

¿Qué tenía que ver Carolina Santiago con el caso?, ¿por qué ella? Soto no entendía nada.

Lucrecia y Marcos estaban desaparecidos y no atendían sus celulares. Soto seguía insistiendo, pero al mismo tiempo estaba preocupado de que Marcos Montenegro hubiera cometido alguna locura después de descubrir la infidelidad de su esposa.

"Dios quiera que Marcos Montenegro no haya cometido ninguna estupidez," pensó éste sin querer hacer ningún comentario frente a los muchachos quienes no creían a su padre capaz de hacer algo así.

Ante los ojos de todos, Marcos era un hombre bonachón y hasta sumiso frente a la personalidad arrolladora de Lucrecia. Algo más tuvo que haber pasado y Tomás temía que el asesino de Vista Marina tuviera algo que ver con la desaparición de sus padres. Laura tampoco aparecía. Tomás sintió mucho miedo; algo malo iba a pasar y podía presentirlo.

"Mis padres no aparecen por ningún lado y mi novia también está desaparecida, detective" dijo Daniel alterado.

"Laura González tampoco aparece, detective" agregó Tomás.

"¿Desde cuándo está toda esta gente desaparecida?" preguntó Soto con asombro quien tampoco ubicaba a los Villamayor.

"Desde esta mañana, detective" respondió Daniel.

"No podemos hacer nada en estos momentos, hijo. La tormenta se pondrá peor en pocas horas y aún no ha pasado el tiempo estipulado por la ley para poner una denuncia formal"

"¡Al carajo con la ley!" gritó Daniel frustrado.

Lamentablemente, no había más nada que hacer. Una vez el cuerpo de Carolina Santiago fuera levantado, las investigaciones continuarían una vez cesara el huracán.

"Resguárdense bien, muchachos. Esto se pondrá feo"

Rebeca Villamayor entró rápidamente a su casa. Se veía cansada y su respiración estaba acelerada. No vestía la ropa fina, elegante y señorial que ella acostumbraba, por el contrario vestía unos pantalones negros algo desteñidos y unos zapatos deportivos que estaban empantanados. Tenía puesto un suéter negro y el cabello mojado.

"Luke… Ivonne…" gritaba desde la planta baja, pero nadie respondía. No había señales de nadie en aquella gran casa.

"¿Dónde están todos?" pensó en medio de su angustia mientras se dirigía a la cocina. Empezó a buscar algo de forma desesperada en los gabinetes y en menos de dos minutos aquella cocina, siempre pulcra y organizada, se había convertido en un desastre con trastos regados por todos lados.

"¡Luke!" volvió a gritar, pero nadie respondió.

"¡Maldición!" exclamó y volvió a salir de la casa. Todo parecía indicar que Rebeca ocultaba algo y alguna poderosa razón tenía para abandonar la casa en medio de aquella tempestad.

Los vientos soplaban con más fuerza y llovía con más intensidad. Un rayo cayó sobre la torre de control en el puerto dañando los sistemas eléctricos. Los árboles se mecían violentamente de un lado a otro. Los postes de luz y el cableado eléctrico tambaleaban al sonido de los truenos.

Lucrecia despertó producto de un dolor agudo e intenso. Desorientada, miró a su alrededor y todo estaba oscuro. No tenía movilidad, sus manos estaban atadas y no sentía sus piernas. Aquel reducido espació con olor a moho estaba inundándose con la lluvia incesante. Es cuando se dio cuenta que estaba atrapada en el fondo de un pozo.

"¿Qué hago aquí?"

Estaba aturdida y no sabía cómo había llegado a aquel lugar, pero después de unos segundos recordó haber estado en su habitación y un fuerte olor a éter entraba de forma penetrante por sus cavidades nasales; era el asesino quien cobraba su próxima víctima.

"No puedo mover las piernas" gritó desesperada.

"Sáquenme de aquí" reventó en llanto.

Tenía las piernas rotas y de no ser sacada a tiempo el agua inundaría el pozo y Lucrecia moriría ahogada. Era otra gran obra del asesino.

"¿Por qué haces esto?"

"Sácame de aquí, te lo ruego," lloraba.

"¡Yo nunca conocí a tu hija!"

"No me mates" repetía Lucrecia en medio de sus desesperadas súplicas.

La lluvia continuaba cayendo a cántaros, el agua ya cubría sus piernas rotas, en vano intentó pararse, pero el dolor era muy intenso. Intentó desanudar las cuerdas que amarraban sus manos y la fricción hizo sangrar sus muñecas. No podía desamarrarse. Intentó pararse por segunda vez ejerciendo presión contra la pared, pero las piernas no le daban. Quien quiera que la metió en aquel lugar se aseguró que no pudiera moverse. Una muerte lenta esperaba por ella.

Su llanto desesperado no sería oído por nadie y en pocas horas el pozo se inundaría y ella moriría ahogada a unos seis metros de profundidad.

"Yo no tengo la culpa… no me mates"

"Ayúdenme"

"No quiero morir…" gritaba en vano.

La ansiedad, el dolor y la desesperación la cansaban cada vez más. Cada grito le quitaba oxígeno. El agua ya le llegaba a la altura del pecho. Otro intento de pararse fue en vano, sus manos resbalaban al intentar apoyarse sobre las paredes mohosas. Miró hacia arriba buscando alguna luz, pero la oscuridad de la noche le anunciaba que su final ya estaba cerca.

Agotada por el esfuerzo, dejó de insistir. El agua ya le llegaba a la altura del cuello. Se recostó de la pared y esperó su final. Muchos recuerdos pasaban por su mente. Su vida no había sido fácil, pasó por muchas penurias y sufrimientos. La muerte de su primer esposo, las deudas, los sacrificios y gran parte de su vida en Mallorca definieron su personalidad, convirtiéndola en una mujer sin escrúpulos y de ambición desmedida. Tomás y Daniel eran probablemente sus únicos motivos de orgullo; sus hijos amados por los que se sacrificó e hizo cosas de las cuales ahora se arrepentía. También pensó en Rodolfo Ortiz, su gran amante; el hombre que le hizo perder la cabeza y cuya sociedad le generó buenos ingresos.

El agua iba cubriendo poco a poco su rostro mientras ella yacía en el fondo de aquel oscuro pozo esperando su final. No había gritos ni dolor, sus pensamientos la habían puesto en una especie de trance. Por un momento pensó que pudo haber hecho las cosas diferentes y de ser así, probablemente no hubiera tenido aquel espantoso final, pero ya nada importaba. Aquella noche, el agua sepultó el cuerpo de Lucrecia Montenegro y con él, sus pecados, miedos y arrepentimientos.

Capítulo 17. Todo este tiempo fuiste tú.

La lluvia golpeaba fuertemente el techo de zinc del galpón. Nadine empezaba a recobrar el conocimiento lentamente; el asesino le había suministrado un fuerte calmante. Rodolfo Ortiz aún seguía inconsciente con la frente sangrante y amarrado a una silla.

"¿Quién eres?" susurró Laura apenas vio que Nadine despertaba. Ésta estaba confundida y veía todo un poco borroso.

"¿Qué hago aquí?" preguntó.

"El asesino nos interceptó y nos trajo hasta acá" respondió Laura aún maniatada tendida sobre el suelo.

"¿Qué asesino?"

"Tenemos que salir de aquí antes de que ese desgraciado regrese" dijo Laura mientras intentaba ponerse en pie; no había tiempo de explicar nada.

De pronto, el sonido de un carro estacionándose las puso en alerta; era su verdugo que volvía para acabar con ellas. Laura estaba paralizada del miedo; no sabía qué hacer; jamás pensó verse envuelta en una situación así. Nadine fingió continuar desmayada.

El portón se abrió y el fuerte ventarrón salpicaba agua por todos lados. El asesino vestía el atuendo de costumbre: pantalones y suéter negro, botas negras y la cara cubierta con una capucha. Laura estaba finalmente frente a frente con el responsable de la matanza que se había desatado en Vista Marina.

El asesino cargaba unos bidones de gasolina que los dejó caer al suelo para cerrar el portón.

"Este degenerado nos va a quemar vivos" pensó Laura aterrada. Cerró los ojos y se encomendó a Dios. Dadas las circunstancias, rezar no era una mala opción en esos momentos; la situación se tornaba más y más alarmante y parecía no haber escapatoria: un asesino, un galpón abandonado, una tormenta incesante y muchas muertes ocurridas y por ocurrir. ¿Por qué a mí?, ¿qué tengo que hacer yo con todo esto? Eran algunas de las preguntas que pasaban por su mente. Lo peor de todo era que probablemente nadie se imaginaba que ella estaba envuelta en aquella situación.

Con un ojo entreabierto, Laura observaba los pasos del asesino quien caminó hacia Rodolfo Ortiz y le quitó la mordaza de la boca. Sacudió su cabeza de un lado a otro, pero él aún no despertaba. Agarró una silla y la arrastró hacia él; la puso en frente y se sentó mirándolo a la cara. Mientras tanto, Nadine ideaba alguna forma para salir de ahí. Abrió los ojos y miró a Laura quien también fingía estar desmayada.

El asesino se paró de la silla por un momento y tomó uno de los bidones. Llenó un vaso de gasolina y se volvió a sentar en frente de Rodolfo. Laura seguía observando aterrada. "Lo va a quemar vivo" pensó. El asesino lo contemplaba de forma morbosa mientras vertía lentamente la gasolina sobre la cabeza de aquel hombre temible quien ahora estaba indefenso y a merced del psicópata. Rodolfo empezaba a reaccionar.

El olor penetrante de la gasolina lo tenía desconcertado. "¿Dónde estoy?, ¿qué es esto?" pensaba Rodolfo hasta que finalmente recordó.

"¡Maldito!" gritó mientras trataba inútilmente de desamarrarse y levantarse de la silla con desespero.

"Tú no sabes quién soy yo. Acabaré contigo, desgraciado" gritaba desaforadamente.

El asesino lo observaba con placer al ver su desespero y frustración. Seguidamente, se acercó hasta Nadine, la cargó y la sentó en otra silla al lado de Rodolfo. Fue entonces cuando Nadine puso resistencia, pero el asesino era más fuerte que ella; la amarró a la silla; no tenía escapatoria.

"Suéltame, maldito" gritaba Nadine.

La lluvia caía sin clemencia. Fuertes vientos ya entraban por la costa en antesala al huracán. Se estimaba que Irene tocaría las costas alrededor de las 11 p.m. con vientos de aproximadamente 210 Km/h. Vista Marina nunca había experimentado un huracán de categoría cuatro y sus efectos serían catastróficos.

Los fuertes vientos sacudían el techo del galpón. El asesino caminó hacia Laura lentamente; sabía que no estaba desmayada. Se había percatado que Laura lo había estado observando todo el tiempo; la tomó por un brazo y la puso en pie.

"No me hagas nada, por favor" suplicó Laura en medio de lágrimas, pero el asesino tenía otros planes. Laura no sería su víctima, por el contrario sería la voz que diseminaría su mensaje. La sentó en una silla de forma gentil.

El show estaba por comenzar. El asesino estaba en frente de la mirada asustada de sus rehenes y había llegado la hora de revelar su identidad. Rodolfo, Nadine y Laura eran los espectadores de aquella película de terror que ya pronto llegaría a su fin. Sin mayores preámbulos, aquel personaje que había cobrado la vida de más de diez personas en menos de dos semanas removió la capucha que cubría su rostro.

Laura no podía creer la persona que estaba frente a sus ojos.

"Fuiste tú todo este tiempo…" dijo Laura impresionada.

Este personaje había interactuado con todos en el pueblo, era conocido por muchos y nunca levantó sospechas.

"Sorpresa…" dijo cínicamente el asesino con una sonrisa en el rostro.

Nadine y Rodolfo permanecieron en silencio.

"¿Por qué lo hiciste?, ¿por qué tú?, ¿por qué tanta maldad y ensañamiento?" preguntó Laura desconcertada al no entender el porqué de la situación.

El asesino tomó una silla y se sentó delante de ellos. Con una sonrisa cínica los miró con regocijo. Sus acciones lo llenaban de orgullo y satisfacción.

"Matar se convierte en un placer. Al principio, sientes miedo, pero luego la adrenalina se apodera de ti y no puedes parar"

"Eres un enfermo" gritó Nadine.

"Sí. Capaz lo soy, pero este desgraciado tiene más cuentas que rendir que yo" dijo el asesino refiriéndose a Rodolfo Ortiz.

"Desgraciado. Yo no tengo nada que ver contigo, pero te voy a desaparecer. ¡Lo juro!" sentenció Rodolfo.

El asesino lo miró y soltó una carcajada. Aquel hombre no estaba en posición de amenazar a nadie y su final llegaría pronto.

"Tu fortuna ha sido amasada a costa del dolor y la desgracia de otros, mal nacido" replicó el asesino mientras se paraba de la silla.

"¿De qué hablas, desgraciado?" preguntó Rodolfo.

"La droga y la prostitución de menores son tus principales fuentes de ingresos" dijo el asesino con ironía.

"¡Nadie me puede demostrar nada, yo soy un hombre respetable!" respondió Rodolfo de forma desafiante ante las acusaciones de su verdugo.

"Ya poco importa que la ley haga justicia. Yo haré mi propia justicia" respondió el atacante.

"¿Por qué haces esto?, ¿dónde está Fernanda?" preguntó Laura exaltada quien temió por la vida de su gran amiga. La razón era simple. Aquel despiadado y sanguinario asesino a quien no le tembló el pulso para asesinar a tantos era Andrés Brito.

Andrés se volvió a sentar.

"Toma nota de esto. Harás un gran reportaje" dijo mirando a Laura.

"Hace más de cinco años perdí a mi hija. Ella era una chica hermosa con una vida por delante. Sólo tenía 15 años cuando cayó en las garras de este desgraciado" dijo Andrés refiriéndose a Rodolfo.

Seguidamente, sacó una pistola y lo apuntó.

"Sería tan fácil matarte ahora, pero morirías sin sufrir"

"¿De qué estás hablando?" preguntaba Rodolfo que no entendía su participación en aquella situación.

"Mi hija se llamaba Valentina"

Laura empezaba a entender todo aquello. Las piezas empezaban a encajar. Por otro lado, el nombre de Valentina hizo recordar a Nadine.

Andrés Brito era Alfredo Alfonzo, aquel hombre que huyó de Mallorca desesperado y muerto en vida al no poder encontrar a su hija.

"Perdí a mi esposa y a mi hija. Las dos mujeres que más quise en esta vida. Nunca descansé, pero la policía engavetó el caso de mi Valentina y no hicieron nada más. Me reuní con investigadores privados, políticos, agentes de policía y todos estaban al tanto de la red de prostitución, pero la corrupción reinaba y sigue reinando. Me dijeron que me olvidara del asunto, que probablemente Valentina estaba muerta. No podía aceptar lo que me estaban diciendo, decidí huir y dejar todo atrás" una lágrima corrió por la mejilla de Andrés.

Andrés había decidido huir del mundo y Vista Marina se convirtió en su hogar, cambió su nombre y hasta su aspecto físico. Alfredo Alfonzo había muerto junto a su familia.

"…Luego conocí a Fernanda y me casé, me imaginó que simplemente no quería estar solo, intenté comenzar una nueva vida, pero no pude; ella nunca se comparó con mi Teresa. Fernanda empezó a volverse una carga; me volvía loco; no la soportaba más. Empezó a celarme y hacerme preguntas. Me asfixiaba constantemente…"

"...muchas veces pensé en matarla, pero habría sido muy riesgoso, no quería levantar sospechas..."

"Fernanda es una gran mujer, ¡basura!" interrumpió Laura.

"¡Teresa y Valentina eran mujeres excepcionales también pero el destino me las arrebató!"

"No tienes idea el dolor, la rabia, la frustración que día a día se apodera de ti cuando sientes que no puedes hacer nada para ayudar al ser que amas"

"... mi Teresa se me fue de tanto dolor y sufrimiento. Yo tenía que defender y proteger a mi princesa y fracasé"

"Esta basura rapta a jovencitas menores de edad y las vende como prostitutas. Muchas de ellas son sacadas del país y sus padres nunca vuelven a saber de ellas" Andrés miraba a Rodolfo.

"¿Por qué te ensañaste con tanta gente si el único responsable era Rodolfo Ortiz?" interrumpió Laura.

Andrés la miró a la cara.

"Yo no sabía con exactitud quien estaba detrás del negocio. Debo admitir que fue gracias a ti que pude juntar algunos cabos"

"¿A mí?" preguntó Laura sorprendida.

Una de las noches que Fernanda invitó a Laura a cenar a la casa, Andrés oyó cuando ésta contaba que Jonás tenía el diario de Olivia y que probablemente algo importante se escondía ahí. Fue entonces cuando Andrés contactó a Jonás para apoderarse del diario. Ahí se encontraban escritas muchas de las respuestas que él tanto buscaba.

"Todos esos desgraciados merecían morir" dijo Andrés sujetando la pistola con la mano temblorosa.

"El silencio los hizo cómplices de toda esta basura. A cada uno de ellos le pregunté por Valentina y todos me evadieron, ninguno quiso cooperar. Como verás ya no me importaba nada; estaba muerto por dentro" agregó.

Rodolfo intentaba desamarrarse de la silla, mientras Andrés continuaba hablando. Nadine oía en silencio; aquella confesión la remontaba años atrás cuando vivió la misma experiencia de Valentina.

"Olivia fue la primera que me dio una esperanza para poder encontrar a mi hija, pero su ambición desmedida la llevó a la tumba. Pero debo aclarar que a esa zorra no la maté yo. Justin se me adelantó" continuaba Andrés confesando.

Hace meses atrás, Andrés oyó accidentalmente una conversación entre Olivia y Justin en el Café del pueblo. Justin le estaba sacando dinero a Lucrecia y mensualmente le daba una cantidad a Olivia para que ésta se mantuviera callada y no delatara la relación extramatrimonial. Sin embargo, Olivia decidió cambiar las reglas del juego. Con la ayuda de Mateo Pérez quien era su pareja y además guardaespaldas de Rodolfo, Olivia descubre un poderoso secreto. Este secreto valía mucho más que el dinero que Justin le pasaba mensualmente.

Olivia quería deshacerse de Rodolfo Ortiz quien prácticamente la había adquirido como su propiedad cuando su mánager Antonio Arismendi pactó una sociedad con el capo más temido de Artigas. El secreto también salpicaba a Lucrecia Montenegro, la tan respetada dama de sociedad.

Andrés pudo oír algunos segmentos de la conversación entre Olivia y Justin aquel día en el Café, sin embargo, no alcanzó a oír ningún nombre.

"…ambos manejan la red de prostitución en Mallorca. ¿Qué te parece?" decía Olivia con algo de cinismo.

"…y todavía piensas seguir con ella después de descubrir su doble vida" le preguntaba a Justin.

"Deja las cosas así, Olivia. Si lo que me dices es cierto, esa gente es muy poderosa. No te metas en terreno peligroso"

"Esta información vale mucho dinero, cariño. Finalmente me podré quitar a ese cerdo de encima" respondió Olivia quien odiaba profundamente a Rodolfo Ortiz.

"¿Cómo piensas demostrar todo lo que dices? Esa gente debe estar muy bien cubierta"

"Tenemos una testigo. Mateo hace poco ayudó a escapar a una muchacha…se llama Valentina, y estamos tras su pista" agregó.

"¿…y cómo queda nuestra sociedad?" Justin estaba preocupado que Olivia abriera la boca y su relación con Lucrecia saliera a la luz.

"¿Cuál sociedad, querido? Tus días como gigoló están llegando a su final" Olivia se paró de la mesa y se retiró. La sociedad entre esos dos había acabado, pero Justin haría hasta lo imposible para detenerla.

Andrés no podía creer lo que oía. Tantos años de búsqueda y frustración daban sus frutos. Era demasiada casualidad que aquella muchacha se llamara también Valentina. Andrés tenía que aproximar a Olivia y sacarle información más exacta y precisa.

"La aproximé varias meses, hasta fui a Mallorca en numerosas oportunidades. Olivia me evadió, me dijo que no sabía nada, la última vez hasta llamó a la policía y dijo que la estaba acosando. La muy desgraciada no quiso cooperar. Mi Valentina era un negocio para ella" dijo con rabia y dolor.

Andrés esperó a Olivia a las afueras del estudio de grabación la noche en que Justin la asesinó. La siguió hasta la casa donde la confrontaría de una vez por todas. Sin embargo, Justin se le había adelantado. Desde la planta baja, Andrés vio cuando una persona vestida toda de negro forcejaba con Olivia en el balcón minutos antes de que ésta cayera al vacío.

La frustración y la rabia lo invadieron. Olivia era la única persona que podía tener información valiosa sobre el paradero de Valentina y los responsables de su secuestro, pero había muerto.

Antonio Arismendi además de ser el mánager de Olivia pasaba junto a ella las 24 horas del día. Algo tenía que saber, pensó Andrés. Fue entonces cuando lo aproximó. La noche en que Antonio fue asesinado, éste estaba en un alto estado de embriaguez. La muerte de Olivia, la mujer que él amaba, lo había destruido por dentro. Andrés intentó sacarle alguna información, una pista o algo que diera luz sobre el caso de Valentina, pero Antonio parecía no saber nada. Tanta frustración acumulada llevó a Andrés a agarrar un cuchillo y cortarle la garganta. Ya nada le importaba.

"…y no me equivoqué en matar a esa rata quien además tenía una sociedad contigo" dijo Andrés mirando a Rodolfo.

Posteriormente, había que localizar a Mateo Pérez, el novio de Olivia y la persona que había ayudado a escapar a Valentina. Mateo Pérez era un hombre audaz que logró escaparse de forma sigilosa en numerosas ocasiones. Éste tenía varios días desaparecido después de haberle robado el dinero a Rodolfo. Finalmente, Andrés dio con su paradero cuando éste estaba escondido en uno de los galpones del pueblo. Ahí oyó una conversación entre Mateo y Mariana Villegas, la mejor amiga de Olivia. Mateo le suplicaba a Mariana que lo ayudase. Él sospechaba que Rodolfo Ortiz era el responsable de la muerte de Olivia quien en numerosas ocasiones le había dicho que Mariana era la única persona en la que se podía confiar en caso de que algo saliera mal. Mateo escapó aquella noche de las garras de Andrés, pero una nueva víctima se había sumado a su lista; Mariana Villegas.

"No me equivoqué en matar a esa zorra tampoco. Ella sabía del contenido del diario de Olivia, de hecho fue ella quien se lo robó y se lo entregó a Jonás…"

"… el destino me estaba dando señales claras…"

"…después del velorio, vi a Mariana y a Jonás en el pueblo. Ella le entregaba un cuadernillo negro y me pareció muy sospechoso, luego oí la conversación de Mateo con ella. Ahí fue cuando supe que esa perra sabía más de lo que decía. Por supuesto me trató como a un loco, negó todo y pues perdí la paciencia nuevamente.

Le pregunté sobre aquel cuadernillo que le entregaba a Jonás y no quiso decirme nada. No pude controlarme y le caí a batazos"

Mariana y Jonás estaban preocupados por Olivia. Ella parecía distinta y preocupada; era como si estuviera enredada en algo turbio. Desesperados por saber lo que pasaba, ambos idearon robarle el diario. Impactada por su contenido, Mariana se puso de inmediato en contacto con Jonás, pero desafortunadamente la próxima vez que lo vio fue durante el entierro de su mejor amiga.

"Finalmente Mateo cayó"

Andrés espiaba a Mateo aquella noche cuando buscó la ayuda del padre Inocencio en la iglesia.

"La lluvia no me dejaba oír bien lo que hablaban, pero Mateo estaba huyendo y muy asustado. Me imagino que era de ti" Andrés volvió a mirar a Rodolfo quien en vano continuaba intentando desamarrarse.

"Mateo estaba convencido de que tú habías matado a Olivia porque ella sabía de tus negocios…."

"Mateo era un desgraciado. Olivia era insignificante para mí…" exclamó Rodolfo.

"…le hubiera perdonado la vida, al fin y al cabo él ayudó a mi Valentina en algún momento" dijo Andrés de forma condescendiente, pero la negativa de Mateo de proveerle información más clara y precisa sobre qué había pasado con Valentina lo llevaron a cometer otro asesinato. Matar era algo natural para él.

"Si no hablas, te mueres… se convirtió en mi lema. No tenía tiempo que perder" dijo Andrés con una sonrisa perversa en el rostro.

"¿Por qué el padre Inocencio?" preguntó Laura quien seguía horrorizada por todo lo que estaba oyendo.

Andrés miró a Laura y se rio.

"El padre Inocencio...debe estar quemándose en el infierno. En verdad, le he hecho un favor a este pueblo"

Hace varios meses atrás, Andrés había hablado con el padre y bajo secreto de confesión le contó la historia de Valentina, de cómo su familia se desintegró y como éste decidió morirse y enterrarse en el dolor y la pena. Irse a Vista Marina y comenzar una vida con otro nombre e identidad fue su única opción.

El mismo día en que Andrés oyó la conversación entre Olivia y Justin en el Café, horas más tarde vio salir a ésta de la iglesia a altas horas de la noche. Era obvio que había sostenido un encuentro con el sacerdote. En vista que Olivia continuaba con sus evasivas, Andrés recurrió al padre Inocencio.

El padre sabía la triste historia de Andrés y cuanto había sufrido buscando a su hija. Sin embargo, sus labios estaban sellados por el secreto de confesión. Andrés le rogó y le suplicó, pero no había nada que el padre pudiese hacer. Andrés nunca se enteró de lo que Olivia y el padre hablaron esa noche.

"Intenté persuadirlo en numerosas ocasiones. Después de la muerte de Mateo Pérez, le mande un anónimo diciendo que sólo él podía parar la ola de crímenes..."

"... el día de la asamblea, esperé hasta que todos se fueron a sus casas y pasé nuevamente por la iglesia. Estaba decidido a hacer lo que fuera para hacerlo hablar..."

Andrés ya tenía varios muertos encima y a ese punto, poco le importaba seguir sumando víctimas. Sin embargo, el hallazgo de Andrés al irrumpir en la casa parroquial lo cambió todo.

"…sus manos recorrían el cuerpo de un inocente que no sabía lo que estaba pasando. El niño estaba asustado mientras el sacerdote le decía que todo estaba bien…"

Andrés había descubierto el lado oscuro y perverso que todos ignoraban del sacerdote. No había sido el primer niño que el padre había molestado con el transcurrir de los años. Las familias del pueblo le confiaban ciegamente a sus hijos y muchos habían pasado por sus filas haciendo de monaguillos y colaborando con otras actividades que realizaba la iglesia.

"Sólo podía pensar en mi Valentina en aquellos momentos. Hombres como él que abusan de menores de edad no merecen vivir. Le hice un gran favor al pueblo" concluyó Andrés.

"Posteriormente, descubrí que ese cerdo tenía guardadas fotos de gran cantidad de niños, que asumo fueron sus víctimas. Las puse en la escena del crimen como señal para la policía" agregó.

Los vientos se hacían cada vez más fuertes; el techo del galpón temblaba vigorosamente; llovía sin cesar. Los relámpagos alumbraban por momentos el interior del galpón cuya iluminación era tenue.

"Tenemos que salir de aquí, no es seguro…" suplicó Laura quien ya podía sentir los coletazos del huracán.

"Igual vamos a morir todos… ya no importa" dijo Andrés sonriente.

"Yo siempre fui buena con tu hija. Yo la ayudé el tiempo que estuvo con nosotras. ¡Lo juro!" interrumpió Nadine de forma exaltada.

Andrés hizo caso omiso al comentario y con la mirada algo perdida continuó con la historia.

Una vez que el diario de Olivia cayó en las manos de Andrés, Justin tenía que dar algunas respuestas.

"Si ese maldito no hubiera matado a Olivia, capaz las cosas no hubieran llegado tan lejos. Olivia hubiera hablado en algún momento y yo no hubiera tenido que matar a los demás…"

La noche que Daniel y Nadine recogieron a Justin del bar, Andrés espiaba a todos desde afuera. Fue ahí donde oyó la conversación entre Nadine y Daniel cuando ésta le contaba su historia y mencionaba a Valentina. Justin logró escapársele aquella mañana así que era el turno de Nadine de decir lo que sabía.

"Ya te lo dije todo… Después que aquel hombre ayudó a tu hija a escapar no supe más nada. Yo no sé dónde pueda estar en estos momentos" Nadine lloraba sin parar.

Irónicamente, toda aquella búsqueda era en vano. Todos desconocían que Valentina se había suicidado en el hospital psiquiátrico.

Andrés volvió a interrogar a Nadine bombardeándola de preguntas. Ésta contó la historia por segunda vez, las penurias que se vivían en el prostíbulo, de cómo eran forzadas y drogadas para tener relaciones sexuales con más de 10 hombres en una noche. Laura miró a Nadine como diciéndole que se callara. Toda aquella conversación estaba desquiciando más a Andrés que ya claramente había perdido toda perspectiva.

Rodolfo era el único responsable de toda aquella atrocidad. Andrés lo miró con profundo odio y le dio un cachazo con la pistola tumbándolo al piso. La caída rompió la silla y tumbó algunos nudos. Sin embargo, Rodolfo estaba aturdido y sólo podía oír el eco de las voces. Más sangre salía de su cabeza.

"Basta ya, Andrés. Nada de esto te devolverá a tu hija" suplicaba Laura, pero Andrés no entendía de razones.

"Empecé a leer el diario de Olivia cuidadosamente. La zorrita en verdad había hecho una buena investigación. Luego busqué a Lucrecia Montenegro, cómplice de esta basura…" Andrés señaló nuevamente a Rodolfo quien aún estaba tendido en el piso.

"Lucrecia y Rodolfo eran amantes y ella le conseguía muchachas para vendérselas a los prostíbulos, ella era de alguna forma una especie de proxeneta… luego Carolina descubrió el diario en mi casa y tuve que silenciarla también"

Laura desconocía de esas muertes, sólo pudo pensar en Tomás y de cómo se sentiría en esos momentos.

Andrés se escondió en la casa de los Montenegro y se aseguró de que nadie estuviera en la casa cuando aproximó sorpresivamente a Lucrecia. Como era de esperarse, aquella mujer lo negó todo descaradamente; se hizo la tonta alegando que desconocía lo que Andrés le reclamaba. Simultáneamente, otro problema no tardaba en llegar. Carolina Santiago era amante de Andrés desde hace varios años. Dos almas miserables y frustradas habían encontrado la compañía perfecta. Ésta tenía un apartamento donde sostenía los encuentros clandestinos con Andrés. Con el paso de los años, el lugar se convirtió en su segundo hogar, especialmente cuando no quería lidiar con Fernanda. Carolina esperaba por Andrés en el apartamento cuando descubrió el diario de Olivia. Desconcertada por la información contenida en el cuadernillo, ésta decide alertar a su hermana, pero ya era demasiado tarde. Lucrecia ya había recibido la visita de Andrés.

"... sólo me quedaba alguien más por enfrentar... ¡Don Rodolfo Ortiz!" dijo Andrés alzando la voz.

"…Dejé lo mejor para el final. Yo sabía que acercármele a esta basura sería más difícil, por lo que pensé que atacarlo en la calle facilitaría las cosas…"

"Déjanos ir, por favor" suplicaba Nadine llorando.

Andrés hacía caso omiso a los ruegos.

"Tú contarás mi historia… harás el reportaje de tu vida y encontrarás a Valentina por mí, Laurita" repetía Andrés con pistola en mano y la mirada hacia el techo.

"Ya mi tiempo se acabó y fracasé en encontrarla, pero al menos hice justicia"

Laura quien finalmente logró desamarrarse intentó levantarse de la silla. Andrés la volvió a apuntar con el arma.

El huracán Irene ya había tocado las costas del estado. Los vientos de 200 Km/h entraban sin piedad causando estragos en el pueblo de Vista Marina. El techo del galpón se desprendió; los inclementes vientos lo habían volado. De forma repentina, Rodolfo Ortiz se abalanzó sobre Andrés y comenzaron a forcejear. Laura desamarró a Nadine rápidamente. La lluvia caía sobre ellos. Las paredes comenzaban a vibrar con los latigazos del viento. Laura y Nadine miraron a su alrededor para resguardarse de lo que venía. Nadine vio un conjunto de tuberías detrás de una caldera que no había sido encendida en muchos años y ambas se resguardaron detrás de los tubos.

Rodolfo comenzó a golpear a Andrés descargando toda su ira. La pistola cayó a unos centímetros de ellos. Andrés intentaba alcanzarla. El sonido del viento se hacía cada vez más fuerte. Un árbol cayó sobre una de las paredes del galpón. Laura y Nadine se aferraron fuertemente a los tubos. Un estruendoso trueno anunciaba que la muerte estaba cerca.

Andrés tomó la pistola, pero Rodolfo sujetaba su mano. Un tiro se escapó. Laura abrazó a Nadine. Las dos chicas estaban muertas de miedo.

"Maldito, de aquí no sales vivo" sentenció Rodolfo mientras continuaba con el forcejeo.

El portón del galpón se desprendió cayendo sobre el suelo. Andrés golpeó fuertemente la cabeza de Rodolfo quitándoselo de encima. Tomó la pistola y sin hesitar lo apuntó a los genitales y le disparó. El dolor agudo había paralizado a Rodolfo quien moriría desangrado. Un rayo reventó el tronco de uno de los árboles que se movía incesantemente en las afueras del galpón. Éste cayó sobre una de las paredes desmoronándose sobre Andrés Brito quien quedó sepultado bajo los escombros. Valentina fue el último pensamiento que pasó por su mente.

El huracán provocó una marejada ciclónica de casi cinco metros de altura que literalmente arrasó con gran parte del pueblo. La marejada arrancó hasta los cimientos de casas, locales, postes de luz, árboles y tendido eléctrico. Los escombros se mezclaban con el agua empantanada que corría como rio por las calles. Rápidamente, mar y tierra se habían unido. El puerto quedó destrozado, el oleaje empujó a las embarcaciones que no tardaron en flotar junto a los carros que chocaban contra las edificaciones. Los caseríos cercanos a la playa desaparecieron, sólo las áreas ubicadas en las zonas altas del pueblo lograron sobrevivir.

Una gran masa de agua arrasó con la estación de policía que quedó devastada; nadie dentro del edificio logró sobrevivir. Justin quien se encontraba en una de las celdas sintió un gran temblor seguido del sonido intenso de una ola que golpeaba la edificación. Las paredes se desmoronaron y éste no tuvo tiempo de huir; la naturaleza le estaba cobrando su crimen. Aquella noche, la población de Vista Marina se redujo casi a la mitad.

Rebeca encontró a Luke en la alcaldía, único edificio de más de 5 pisos en el pueblo. Rápidamente, se dirigieron a la azotea donde milagrosamente lograron sobrevivir. Mientras tanto, Ivonne se encontraba resguardada en casa de un chico con el que había empezado a salir recientemente y nadie sabía nada. Igualmente, Marcos Montenegro estaba con sus hijos. Estuvo buscando a Lucrecia quien estaba desaparecida. Al llegar a casa sin noticias sobre ella, Daniel y Tomás pensaron lo peor. Soto estaba resguardado con su familia en el sótano de su casa.

Los huracanes no eran inusuales en Vista Marina, sin embargo Irene había sido el más fuerte de la historia. La mayoría de las casas tenían una especie de refugio bajo tierra para resguardarse en tales circunstancias. Fernanda

Brito estaba resguardada en el suyo muerta de miedo sin imaginarse que su amiga Laura había caído en las garras del despiadado asesino quien era nada más y nada menos que su marido.

Los vientos destrozaron todo a su paso. Irene dejó más de 500 muertos, Vista Marina quedó en ruinas. Laura y Nadine sobrevivieron, además de ser las únicas que tenían las respuestas que la policía necesitaba. Luke se reuniría con Soto y otros cuerpos de seguridad para empezar a contar muertos. Tomás, Laura, Nadine y Daniel finalmente se encontraron, tendrían una amarga y decepcionante conversación.

El misterio había terminado.

La muerte llegó en medio de una tormenta que destapó secretos del pasado. Asesinatos, intrigas y escándalos se conjugaron causando estragos en un pueblo tranquilo donde nadie estuvo a salvo. Los cuerpos municipales enfrentaron grandes desafíos al no saber quién sería la próxima víctima. Diversas historias se entrelazaron en un mundo de mentiras, corrupción y traiciones donde los fuertes vientos de la muerte cambiaron la vida de todos.

"Dios es nuestro amparo y fortaleza, nuestro pronto auxilio en todos los problemas. Por eso no tenemos ningún temor. Aunque la tierra se estremezca, y los montes se hundan en el fondo del mar; aunque sus aguas bramen y se agiten, y los montes tiemblen ante su furia."

Salmo 46: 1-3